catalejo

Dos

De esto no se habla

Francisco Nájera

DE ESTO NO SE HABLA

Aproximaciones
a la literatura guatemalteca
e hispanoamericana del siglo XX

[2]
Colección
Catalejo

Catafixia Editorial
Iximulew-Guatemala, 2018

De esto no se habla
Aproximaciones a la literatura guatemalteca
e hispanoamericana del siglo XX
Francisco Nájera

Primera edición:
Iximulew-Guatemala,
julio 2018

Diseño de portada:
Julio Cúmez

Retratro del autor:
Vania Vargas

Cuidado editorial:
Luis Méndez Salinas
Carmen Lucía Alvarado

ISBN: 978-9929-591-51-6

C

catafixiaeditorialgt.com
catafixia.editorial@gmail.com

Contenido

Primera parte

Aproximaciones a la literatura guatemalteca del siglo XX

"El hombre que parecía un caballo": intertexto poético

Aunque tardío, el modernismo cumplió en Guatemala la misma función que en los otros países del continente, ya que, desde el punto de vista de las ideas, buscó responder al cientificismo positivista con una sensibilidad –es decir, con un lenguaje y con una estética– nueva, derivada, como lo ha demostrado Octavio Paz, de las tradiciones romántica y ocultista europeas. Por otro lado, desde el punto de vista del quehacer literario, su contribución no fue menos importante, ya que por primera vez se trató de afirmar en nuestro país la especificidad del trabajo literario.

Desde sus primeros poemas, Rafael Arévalo Martínez mostró gran interés por la figura del poeta decadente. Dado el rechazo social que los modernistas confrontaron, no sólo en Guatemala sino en todo el continente, no ha de extrañar su interés por este personaje. Con él, los modernistas respondieron al medio social que los rechazaba definiendo su función y estableciendo de este modo un nuevo campo de acción social. Lo percibieron, además, como una forma de recobrarse por medio del trabajo denegado a nivel social por los grupos capaces de validar o anular el nuevo papel que, dados los cambios económicos y sociales que tenían lugar en el continente, ahora habían empezado a desempeñar los escritores y, más específicamente, los poetas.

En 1911, Arévalo Martínez publicó *Maya*, su primer libro de poesía. Para esa fecha, sin embargo, algunos de sus poemas habían aparecido ya en los periódicos y revistas literarias que entonces circulaban en Guatemala[1]. En esos poemas se encuentra ya la descripción del poeta decadente, enfermo y torturado por la duda religiosa que, en la narrativa arevaliana de la primera época –aquella que va hasta la publicación de *Las noches en el Palacio de la Nunciatura* (1927)– lleva el nombre de Manuel Aldano, protagonista y narrador de, entre otros cuentos, "El hombre que parecía un caballo". Así, en un poema de 1909, titulado "Degeneración", podemos encontrar la descripción bastante minuciosa del poeta decadente, tal y como el escritor lo percibe en ese momento:

> Triste es el lento proceso
> de desorganización
> en el que el cuerpo queda ileso
> y naufraga una razón...
> Los pensamientos apaga
> mi estrecho campo de acción
> y sólo una angustia vaga
> me comprime el corazón (151).

Ese sentimiento de angustia que sofoca al poeta, y que en estos versos se encuentra asociado con la locura, se hace más intenso en otro poema del mismo año, titulado "Cúrame, muchacha". En ellos, el poeta aparece completamente disociado de su cuerpo, experimentándose como pura alma: "Porque así sin cuerpo no puedo quererte / porque soy un alma sin materia agente" (154). Dada la sensación de inmaterialidad que lo acosa, pide a la muchacha del título que lo ame, ya que solamente ese acto de amor podrá salvarlo: "Hija de la tierra, dame de tu barro: /

---

1. Estos poemas aparecen con fechas de composición en Rafael Arévalo Martínez, *Poemas de Rafael Arévalo Martínez*. Guatemala: Tipografía Nacional, 1965. Los números entre paréntesis al final de cada cita corresponden a esta edición.

átame a este suelo, mira que te amo" (154). El tema de la mujer como portadora de salvación, central en estos versos, reaparecerá en las palabras del narrador de "El hombre que parecía un caballo" cuando profetiza al señor de Aretal que "una mujer lo redimirá"[2]. A partir de estos comentarios –y de los que se encontrarán a continuación– será posible afirmar que el poeta que enuncia los poemas publicados bajo el nombre de Rafael Arévalo Martínez, es también el narrador y protagonista de los cuentos que, en este trabajo serán descritos como pertenecientes al "ciclo de Manuel Aldano". El más conocido de ellos, aunque no el más importante desde el punto de vista de los hechos narrados en estas historias, es el ya mencionado "El hombre que parecía un caballo".

Otra característica de este personaje es el fuerte aspecto religioso que lo define. Así, si como se vio en el poema citado más arriba, en la tierra la mujer es fuente de salvación, más allá del mundo material la salvación reside en Cristo, un concepto que queda expresado en el poema titulado "Cristo":

> Tus pies corrió a besar Magdalena;
> más si hubiese tenido mi pecado
> sólo en tu pecho hubiera descansado,
> que mi pena es más grande que su pena (180).

El sentimiento de culpabilidad expresado en este poema, por un pecado que no llega a ser definido, fomenta la sensación de angustia que caracteriza la experiencia del poeta decadente. Éste, además, sólo puede encontrar su salvación en un acto de amor: "Porque es tu caridad inagotable, / como Juan inocente, yo culpable, / necesito tu pecho, Padre mío" (180). Por cierto, la identificación con Juan, según la tradición católica el discí-

---

2. Rafael Arévalo Martínez, *El hombre que parecía un caballo y otros cuentos.* Guatemala: Editorial Universitaria, 1951. p. 22.

pulo favorito de Jesús, enfatiza la inocencia del poeta, mientras que la última frase, dirigida a Dios, establece su condición infantil, características ambas que encontraremos al examinar el personaje de Manuel Aldano.

Sin embargo, la visión negativa que de sí mismo tiene el poeta, no lo define a él únicamente, sino que se extiende al resto de la humanidad. En "Malas bestias", un poema de 1914, la culpa parecería residir en la naturaleza misma de los seres humanos:

> La siquis divina parece recluida
> en lo más oscuro de la bestia feroz,
> porque la llevamos cobarde y herida
> y con nuestras voces callamos su voz (169).

Debido a las creencias ocultistas que definen su escritura, y como en el caso de Darío y otros modernistas, en la poesía de Arévalo Martínez el ser humano es una criatura escindida e incompleta, una bestia tocada por el alma de Dios. El poeta únicamente encarna la experiencia más extrema de esta división, y es en ella que se ha de encontrar el origen de su angustia y de su dolor. Las palabras de Manuel Aldano habrán de confirmar esta idea.

En *Maya*[3] se encuentran varios poemas que extienden y enriquecen la elaboración del poeta decadente. Así, en "Canto a Flamel", se halla la primera declaración que el poeta hace con respecto a su identificación con la tradición ocultista, de tanta importancia para comprender la cosmovisión que propone Arévalo Martínez, la cual es elaborada en los cuentos de los que Manuel Aldano es protagonista.

El nombre que aparece en el título del poema pertenece a Nicolás Flamel, un escribano de la universidad de París a quien

3. Rafael Arévalo Martínez, *Maya*. Guatemala: Sánchez & De Guise, 1911.

se acusó de practicar la alquimia y la hechicería. El poeta, que se identifica con este personaje del siglo XIV, le critica, sin embargo, el haber "acudido" a la acción y no haberse limitado a la palabra: "Flamel, hermano mío, poeta insatisfecho / tu gran pecado es ése: ¿porqué acudiste al hecho? / Una palabra es llena y una acción vacía" (23). Esta oposición entre acción y contemplación se hace más compleja en los versos que siguen: "El Cristo entre los hombres circula todavía / y por eso yo nunca laboro, como Marta, / sino que me he quedado viendo como María" (23). Como más tarde en sus cuentos, el uso de figuras bíblicas llena aquí de resonancias espirituales las imágenes poéticas, justificándose en términos religiosos el aspecto contemplativo del poeta. La respuesta a la crítica de la sociedad de la época, que tachaba a los poetas de improductivos, es directa. Además, el poeta puntualiza: "Los soñadores somos puros contemplativos" (24), estableciendo de este modo su estirpe espiritual. Su identificación con la figura de Cristo aparece esta vez relacionada con la leyenda de las tentaciones del desierto:

> Como a Jesús un día, cuando tentado sobre
> un monte, ante sus ojos tendió el Genio del Mal
> los reinos de la tierra, desde mi alcoba pobre
> también soñé con una piedra filosofal (24).

Otros elementos asociados con la visión profundamente religiosa –no sólo cristiana sino budista y ocultista a la vez– del poeta, son mencionados enseguida. Así el poeta se describe como: "Budista desprendido... / la plenitud buscaba... / y le pedí las equis a la Teosofía" (25), ofreciendo a continuación una lista de sus lecturas espirituales:

> "La voz del silencio" y "El león en el sendero"
> al ascético libro de Kempis preferí:

pero hoy a "Isis sin velo" la "Imitación" prefiero
y la H. P. B. se separó de mí (25).

Con la referencia a las tradiciones religiosas opuestas que Tomás de Kempis y H. P. Blavatsky representan, la división que experimenta el poeta queda definida con respecto a sus creencias espirituales.

Otro poema que expresa la visión religiosa heterodoxa del poeta es el que lleva como título "Al Colegio de Infantes" (86). El nombre de este centro de enseñanza en la capital guatemalteca aparece también en *Una vida*[4], en donde el protagonista de la novela, que permanece anónimo, asiste a un colegio con ese nombre para completar su educación primaria. En los versos, el poeta es descrito como mediador entre el mundo de lo divino y el mundo de lo humano, identificándosele con la santidad y con los pájaros: "Se sube a Dios por transiciones suaves / del santo, del poeta y del jilguero" (80). Claramente para Arévalo Martínez, como para los otros modernistas, el poeta es un vate, un ser cuya función consiste en expresar la "Verdad Divina". De este modo, el poeta arevaliano queda definido en *Maya* como un modernista, a partir del sentido que esta palabra tuvo en Hispanoamérica en las últimas décadas del siglo XIX y en las primeras del siglo XX.

Los atormentados, el segundo libro de poemas del escritor guatemalteco, fue publicado en 1914[5] y, por su retórica y temas, está todavía muy cerca de las formas e inquietudes que caracterizan a *Maya*. El poemario se inicia con un poema titulado "Decadentismo", publicado originalmente en 1913 en la revista

4. Rafael Arévalo Martínez, *Una vida*. Guatemala: Imprenta Electra, 1914, p. 19.

5. Rafael Arévalo Martínez, *Los atormentados*. Guatemala: Unión Tipográfica, 1914.

Juan Chapín con el título de "Modernismo"[6]. El poema constituye un desafío directo a los valores de la burguesía guatemalteca, educada, irónicamente, en el catolicismo y en el positivismo más tradicionales. El aspecto visionario y la sensación de fracaso y desquiciamiento que domina al poeta quedan establecidos en los primeros versos:

> Mi musa oscura
> de ojos ya velados, ya videntes
> mi musa de fracaso y de belleza
> se ha aferrado a los versos decadentes
> por lo bien que disfrazan su locura
> y por lo bien que expresan su tristeza (3).

A su poesía, el poeta decadente opone la escritura del hombre sano: "Dejad la prosa para el hombre sano / capaz de la unidad y la armonía" (3), estableciendo en los versos que siguen la autoabsorción que lo domina, una idea elaborada ya en *Maya*: "Nosotros, decadentes, / llevamos inclinadas nuestras frentes / para escuchar a nuestros corazones" (3). Sin embargo, para el poeta, como ya se dijo, sus síntomas son característicos de la época en que vive, y su experiencia, víctima como es de "los potros / del nerviosismo de este siglo enfermo" (3), ofrece el ejemplo extremo de lo que sufren, sin darse cuenta, sus contemporáneos.

Al final del poema, y como un reto a los valores machistas que dominaban –y que dominan todavía– la sociedad guatemalteca y la hispanoamericana en general, el poeta declara su femineidad: "¿Que es femenil mi queja? Y bien ¿qué importa / si ya no somos hombres?" (4). Es posible que para esta época Arévalo Martínez no hubiera elaborado todavía su teoría de la

6. Rafael Arévalo Martínez, "Modernismo", *Juan Chapín* 32. Guatemala: 1913, p. 7.

bisexualidad de las almas, la cual aparece descrita en los cuentos "Complejidad sexual"[7] y "La Farnecina. Ensayo de magia sexual"[8], un texto de 1933. Queda claro en estos textos tempranos su interés en la indeterminación sexual que, según su visión, es esencial en todo poeta.

El último poema de *Los atormentados* que se discutirá en esta parte del ensayo, pertenece a la primera sección del libro y aparece con el título de "El demente". Esta sección contiene cinco poemas muy cortos, en los se describen figuras que encarnan la experiencia de seres enfermizos y socialmente desadaptados. En la última estrofa de este poema, rica en imágenes religiosas, encontramos que el poeta se identifica, de manera bastante ambigua, con Cristo:

> Mis brazos abrí en cruz, como un arbusto seco,
> sin una queja ni un reproche.
> Porque hay pecado en mí, yo sé que es justo
> que en mí aniden las aves de la noche (8).

La culpabilidad del poeta justifica, así, el sufrimiento al que se halla condenado. De nuevo, el dolor y la enfermedad que lo marcan se muestran como íntimamente relacionadas con su experiencia religiosa, ofreciéndose de este modo, como equivalentes, los conceptos de pecado y decadencia.

El año de 1914 fue de gran productividad para Arévalo Martínez ya que, entre otras cosas, además de publicar el poemario arriba discutido, apareció *Una vida*, su primera novela. El

---

7. Rafael Arévalo Martínez, "Complejidad sexual", *El hombre que parecía un caballo y otros cuentos.* Guatemala: Editorial Universitaria, 1951. pp. 227-233.

8. Rafael Arévalo Martínez, "La Farnecina (Ensayo de magia sexual)", *El hombre que parecía un caballo y otros cuentos.* Guatemala: Editorial Universitaria, 1951. pp. 235-265.

escritor compuso también "El hombre que parecía un caballo" –él mismo lo explica con las siguientes palabras: "En 1914, en bien raras circunstancias, compuse 'El hombre que parecía un caballo', que fue editado en mayo de 1915"[9], y 'El trovador colombiano', publicado en el mismo volumen y que, por información ofrecida en el texto mismo, tuvo que haber sido escrito en ésta época. De 1914 es, asimismo, *Manuel Aldano*[10], con "Julio de 1914", dada al final de la novela como fecha de completamiento.

En esta novela –en la que Aldano cuenta la historia de sus años de juventud–, el siguiente comentario nos ofrece una pista acerca de la forma en que se habrán de leer todos aquellos textos de los que Aldano es protagonista y, por extensión, todos aquellos que tienen a Rafael Arévalo Martínez como autor: "Concluidos estos versos... comprendí que, como todas mis producciones, ésta era una obra inacabada, un esbozo nada más" (148). Se trata, pues, de una serie de textos incompletos, algo así como piezas de un rompecabezas que habrán de ser reunidas y organizadas por los lectores para poder ser comprendidas totalmente.

La extrema intertextualización que caracteriza los textos arevalianos debería ser clara por lo que hasta aquí queda comentado, especialmente si recordamos que en los dos poemarios discutidos más arriba, se elaboraba la figura de ese poeta decadente que ahora, en la narrativa, aparece con el nombre de Manuel Aldano. Esa misma intertextualización sugiere que todos estos textos poseen un sentido unitario, pues todos elaboran, de diferente manera, fragmentos de la biografía del poeta decadente. Este había hecho su aparición, dentro de la narra-

9. Rafael Arévalo Martínez, *Narración sumaria de mi vida o Historia de una varita de virtudes*. Guatemala: Editorial Landívar, 1968. p. 8.

10. Rafael Arévalo Martínez, *Manuel Aldano (La lucha por la vida)*. Guatemala: Talleres Gutemberg, 1922.

tiva, en la novela *Una vida*[11], en donde sin revelar su nombre, relata la historia de su niñez. Las palabras que concluyen la novela, sin embargo, no dejan duda alguna con respecto a la identidad de su narrador, el poeta modernista decadente:

> Y por último, el lecho de dolor que aguarda a todos los que están enfermos desde niños del mal del absoluto... la sociedad que me declaraba incapaz para todos; y la vida que me declara incapaz para vivir... a la poster, como remate, tres palabras que lo hacen comprensible todo: un poeta decadente más; un poeta decadente hispano-americano más (45).

A continuación se discutirán cuatro narraciones cortas de las cuales Manuel Aldano es el protagonista. En ellas se encontrará también al señor de Aretal, otro poeta, quien, como se verá, por ser su opuesto, lo complementa.

"El hombre que parecía un caballo" es el primer cuento de Arévalo Martínez en que el narrador llega a percibir a otros personajes en términos zoomórficos, un tipo de percepción que se encontrará en otras de sus narraciones. En esta historia, al discernir el alma del señor de Aretal, a quien percibe como un caballo, el protagonista llega a experimentar la presencia de Dios. Es importante subrayar que estos dos personajes encarnan aspectos opuestos y, por lo tanto complementarios, del poeta decadente. Esa idea se halla confirmada entre otras cosas, por el hecho de que en la historia, como se verá más adelante, las almas de los personajes llegan a reflejarse la una en la otra.

Desde un punto de vista anecdótico, el cuento relata el encuentro entre un narrador anónimo y el señor de Aretal, y las consecuencias que esta amistad tiene para el primero, quien

11. Rafael Arévalo Martínez, *Una vida*. Guatemala: Imprenta Electra, 1914.

llega a experimentar una serie de visiones en las que, al percibir la naturaleza animal de su amigo, comprende el aspecto divino de la relación que los une. Al iniciarse la historia, el narrador es presentado al señor de Aretal y queda deslumbrado por su presencia. El uso de la imagen del deslumbramiento introduce el tema de la luz, central en la construcción metafórica de la narración: "En un principio de deslumbramiento, yo me tendí todo, yo me extendí todo, como una gran sábana blanca para hacer mayor mi superficie de contacto con el generoso donante" (9). El narrador comprende además, que se trata de un mensajero divino:

> Las antenas de mi alma se dilataban, lo palpaban, y volvían trémulas y conmovidas y regocijadas a darme la buena nueva: "Este es el hombre que esperabas; este es el hombre por el que te asomabas a todas las almas desconocidas, porque ya tu intuición te había afirmado que un día serías enriquecido por el advenimiento de un ser único" (9-10).

Sobre las ideas espiritualistas de este tipo, concebidas por los modernistas como místicas, se ha escrito mucho. En el caso de Arévalo Martínez, como se ha visto por los comentarios hechos sobre sus poemas, este elemento –el de la mística– es central para su elaboración del poeta decadente modernista.

Eventualmente, el narrador llega a contemplar el alma de su amigo y a descubrir que en ella se puede percibir a Dios:

> Y yo, en aquellos instantes me asomé al pozo del alma del señor de los topacios... ese pozo fue para mí el pozo mismo del misterio. Asomarse a un alma humana, tan abierta como un pozo, que es un ojo de la tierra, es lo mismo que asomarse a Dios. Nunca podemos ver el

> fondo. Pero nos saturamos de la humead del agua, el gran vehículo del amor y nos deslumbramos de luz reflejada (11-12).

Gracias a esta percepción queda subrayado el aspecto visionario del poeta, el cual le permite descubrir la relación que existe entre el mundo de lo humano y el de lo sagrado. Es también gracias a su situación como intermediario entre estos dos mundos que el narrador llega a alcanzar una comprensión totalizadora de la realidad del alma de su amigo y, por extensión, de todas las almas: "Por encima de todo se reflejaba Dios, de quien nunca estuve menos lejos. La gran alma que a veces se enfoca temporalmente" (12). Sin embargo, por estar atrapada en un cuerpo material, el alma humana sufre profundos desequilibrios espirituales, algo que es posible ver en el cuento cuando, en las palabras del narrador, "en el ángel transparente del señor de Aretal, empezó a formarse una casi inconsciente nubecilla oscura. Era la sombra proyectada por el caballo que se acercaba" (9).

También, debido a sus poderes visionarios, el narrador llega a entender la naturaleza del mensaje que Aretal trae: "Yo comprendí, asomándome al pozo del señor de Aretal, que éste era el mensajero divino. Traía un mensaje a la humanidad: el mensaje humano, que es el más válido de todos" (12). Por tratarse de un mensajero divino es de notar, en esta descripción, la identidad que se sugiere existe entre lo verdaderamente humano y lo divino.

La identidad *amor-fuego,* que había aparecido ya en los poemas, reaparece aquí cuando el narrador dice, elaborando la imagen de la luz empleada para describir sus experiencias al lado de Aretal: "Y a su contacto empecé a encenderme. El señor de Aretal era una lámpara encendida y yo era una cosa combustible. Nuestras almas se comunicaban" (13). Y, a continuación, ese arder amoroso se convierte en una forma de nutrición, revelando como parte de la definición del narrador, un aspecto marcadamente infantil, que también es parte del poeta decadente:

> Me nutría con la beatitud [...] con que una raíz encuentra un cadáver en descomposición; con la beatitud con que los convalecientes dan sus pasos vacilantes en las mañanas de primavera, bañadas de luz; con la beatitud con que el niño se pega al seno nutricio y después, ya lleno, sonríe en sueños a la visión de una ubre nívea (13).

La comunicación que llega a existir entre el narrador y Aretal es tan intensa que el primero siente que sus almas "se elevaban por la virtud de su propio ritmo y de su armoniosa consonancia, como se elevan las dos alas de un dístico. Una estaba fecundando a la otra" (14).

Sin embargo, ante los ojos asombrados del narrador, el señor de Aretal llega a sufrir una metamorfosis: "[El] alma del señor de Aretal ya no era azul como la mía... Entonces comprendí que lo que yo había amado en el señor de Aretal era mi propio azul" (15-16). Como resultado de esta percepción, Aldano adquiere conciencia de sus visiones: "Y allí, entonces, tuve la primera visión: el señor de Aretal estiraba el cuello como un caballo" (17). Y después de esta visión, "cien visones más". (18) Y ante la visión del alma de su amigo como un caballo, sólo puede caer de rodillas: "Y yo, reverente, de rodillas ante aquella hermosa alma animal que me llenaba de unción de Dios: sí, es cierto; pero el hombre es una parte de la naturaleza, es la naturaleza evolucionada" (23). De nuevo, doctrinas teosóficas guían las palabras del narrador, quien experimenta así la presencia de Dios, y llega a comprender que los seres humanos constituyen la forma evolucionada de la naturaleza.

Al final de la historia, el señor de Aretal se marcha, quedando el narrador nuevamente solo. Sin embargo, antes de que el primero parta, el segundo comprende su secreto: "Volví los ojos hacia donde estaba la Esfinge de Aretal que me había revelado su secreto, que era el mismo que el del Centauro" (25). La referencia a la esfinge y, consecuentemente, a las creencias religiosas del antiguo Egipto, expresa el aspecto esotérico que "El hombre que parecía un caballo" posee. Además, como parte del proceso de intertextualización que caracteriza la escritura arevaliana, el sentido de las palabras del narrador de la historia –y de otros textos posteriores[12]– sugiere que el significado de este mensaje puede ser encontrado en el "Coloquio de los Centauros", de Rubén Darío, en donde al describir la naturaleza escindida de estos seres mitológicos, el poeta nicaragüense escribe:

> [En] su cuerpo corre también la esencia humana
> unida a la corriente de la divina savia
> y a la salvaje sangre que hay en la bestia equina[13].

Lo que el narrador llega a comprender en este encuentro es, por lo tanto, el aspecto dividido del ser humano, cuya "divina savia" se encuentra atrapada en la materia carnal, sugiriéndose al mismo tiempo el aspecto opuesto y complementario de esta idea, el de la naturaleza divina que poseen las bestias, un concepto que el escritor explorará más profundamente en "El trovador colombiano"[14], en donde, gracias nuevamente a la

12. Véase Rafael Arévalo Martínez, "Seis anécdotas de Rubén Darío", *Boletín de la Biblioteca Nacional*, 10. Guatemala: 1934, pp. 398-407.

13. Rubén Darío, "Coloquio de los centauros", *Prosas profanas y otros poemas*. México: Editorial Novaro, 1957. pp. 69-79.

14. Rafael Arévalo Martínez, "El trovador colombiano", *El hombre que parecía un caballo y otros cuentos*. Guatemala: Editorial Universitaria, 1951. pp. 27-51.

cercanía de su amigo, el señor de Aretal, el narrador alcanza la visión del perro.

Los hechos relatados en este cuento tienen lugar en Heliópolis, la ciudad moderna por excelencia en la narrativa arevaliana, escenario también de otras historias del autor. En esta metrópolis se hallan una vez más un narrador anónimo y el señor de Aretal, acompañados ahora por León Franco, un artista bohemio de nacionalidad colombiana. Una vez más, los poderes visionarios del narrador le permiten aprehender la naturaleza animal de su nuevo amigo, algo que expresa de la siguiente manera: "Tuve la visión del perro al mismo tiempo que la del caballo" (27). Estas palabras, y la fecha de publicación del cuento[15], confirman que esta historia y la de "El hombre que parecía un caballo" fueron escritas en la misma temporada. A nivel narrativo, el uso del "yo" implícito en el "Tuve" que inicia el cuento, establece que se trata del mismo narrador en ambos cuentos –no hay que olvidar que en ambas historias éste es anónimo–, indicándose además que se trata de la misma época de su vida. La necesidad que tuvo Arévalo Martínez de escribir gran parte de sus narraciones en primera persona puede ser explicada por la continuidad biográfica que el "yo", en cuanto sujeto narrativo, autoriza. El uso de ese "yo" permitió al escritor guatemalteco crear y mantener la ilusión de consistencia biográfica a través de múltiples textos, los cuales, desde otros puntos de vista, carecen de continuidad.

Otra técnica de la que se valió Arévalo Martínez para mantener la ilusión de continuidad en la voz narrativa a través de todos estos cuentos, fue la de la fijación de un punto de vista específico. Así, aunque el narrador no habla de otras personas, siempre lo hace en relación a sí mismo, con lo que cualquier descripción que haga se convierte en una forma de autodescripción.

---

15. Véase la nota no. 9.

La amistad entre Aldano y Aretal queda expresada en esta historia como en la anterior, de manera extrema: "[Nos] retirábamos [dice Aldano] a nuestros lechos, rendidos y gozosos, como un amante después de una noche de amor" (27). Tal vehemencia es característica de las amistades masculinas de los narradores en la novelas de Arévalo Martínez y, aunque en ese apasionamiento se ha llegado a ver un elemento homosexual, apartándome de una lectura sicológica, prefiero ofrecer otra posible interpretación sobre el uso de imágenes amorosas para describir la intensidad de las emociones que el narrador experimenta, no sólo por el señor de Aretal sino por otros personajes que, en narraciones posteriores, llagarán a tener una función parecida a la que éste posee en este ciclo de cuentos. El mismo Arévalo Martínez parecería apuntar hacia esta lectura por las referencias que hace a Santa Teresa, la mística española, en diversas ocasiones. Sin olvidar la inmensa distancia que separa a estos autores, me parece posible ver en el lenguaje amoroso del escritor guatemalteco, como en el de la religiosa española, un intento de expresar con un lenguaje humano y, por lo tanto carnal, emociones y sensaciones que pertenecen al campo de lo puramente espiritual, algo sobre lo que, especialmente en el caso de la santa, ya se ha escrito mucho. Parecería justificarse de esta manera, la idea de que en el escritor guatemalteco encontramos, si no a un escritor místico, a un escritor que trabaja en forma esotérica temas profundamente espirituales, y que conoce a fondo las estrategias textuales de las que hicieron uso los místicos españoles para comunicar sus experiencias interiores.

En el cuento, al encontrarse con León Franco y percibirlo como un perro, el narrador medita sobre la naturaleza de estos animales, semejando su naturaleza a la del poeta. Las imágenes empleadas para elaborar esta identificación pertenecen a la historia bíblica de Marta y María, a la que, como ya vimos, se había hecho referencia en uno de los poemas de *Maya*:

> Todos, de consuno, lo llaman ocioso [al perro familiar]: es un pobre María de los perros, deja a las Martas perrunas trabajar y él sólo sabe amar y ama. Pide caricias al hombre, besa la mano que le pega y así se humaniza y se acerca al hombre, como María se acerca a Jesús... Tiene desarrollado, según un Lombroso canino, el órgano de la veneración. Los poetas también lo tienen: todo arte no es sino mayor capacidad de admirar (31).

Es importante notar en esta cita la escala evolutiva que Arévalo Martínez establece en cuanto a los grados de evolución de los seres, reflejo no sólo de ideas científicas sino de creencias teosóficas, yéndose del perro al ser humano y, finalmente a Jesús, quien es ofrecido como representativo del nivel más alto que puede poseer la especie humana.

En "El trovador colombiano" encontramos también comentarios sobre el estilo literario del cuento y, por extensión, de todos aquellos textos narrados por Manuel Aldano. El énfasis puesto en la vida espiritual del narrador mantiene ese aspecto religioso típico de los cuentos del escritor guatemalteco en estos años y que justifica, a sus ojos, la intensidad poética –en su oposición a formas narrativas directas y prosaicas– con la que escribe. El narrador lo explica, con palabras que nos recuerdan el poema "Cúrame, muchacha", de la siguiente manera: "Todavía no he encontrado un ser que me preste la corporeidad que falta a un espíritu sin materia agente, por eso mi estilo es doloroso e inquieto y tiene una unidad palpable, percibida por muy pocas almas. Por ello me refugio en el verso. ¿Pero cómo pongo en versos estas visiones?" (33)

La necesidad por parte del narrador de explicar su arte puede verse como resultado de la conciencia que tenía Arévalo Martínez de la incomprensión que rodeaba a su obra. El sentido de alienación experimentado por el escritor ante una situación que, como ya se ha dicho, fue común a todos los modernistas, se halla expresada además en las siguientes palabras: "Yo traigo al mundo una revelación de aves y aún no hallé un alma gemela de grulla que me escuche" (48). Además, como resultado de su visión del poeta como mediador entre lo divino y lo humano, el narrador ve en su mensaje poético un mensaje sagrado: "Si vierais lo que cuesta decir lo que tengo que decir; es un mensaje divino... soy como esos moribundos que no aciertan a comunicar sus visiones celestes" (38).

El narrador continúa su historia: "Mi alma llena de revelaciones, de la revelación eterna de que habla el héroe de *Sartus Resartus*, se estremeció de comprensión: comprendía algo, y, fiel a su destino, podría enseñar algo" (34). A continuación, tomando la imagen del ave para definir su naturaleza, el narrador describe la visión que, gracias a su estado de embriaguez, unos amigos llegan a tener de él:

> Los muchachos, que estaban tan beodos que entendían mi pobre alma de pájaro, me tendían un dedo y yo trepaba por él y agitaba las alas. ¡Y les estaba agradecido de que al fin me entendieran, de que no lastimasen mis sedosas plumas, de que comprendiesen mi arquitectura de ave acuática, de que no encontraran ridícula mi prolongada nariz de ave, mi pequeña cabeza inclinada hacia delante, mi plumaje gris y mis patas de flamenco! De todos los animales, ¿a quiénes creéis que les van mejor los anteojos? A las aves sin duda... Pues bien, como tienden a considerarme como hombre, no perciben la gracia de mis anteojos de oro, no la han percibido sino esta vez de mi relato en que estaban borrachos y eran almas elegidas (47).

La embriaguez, que expresa aquí metafóricamente un estado de intensa exaltación espiritual, permite al grupo de amigos percibir la realidad esencial de Aldano. Él, como el señor de Aretal, pertenecen al mundo de lo animal.

La importancia de lo animal y, por extensión de lo natural, en la creación de los personajes arevalianos puede ser explicada especialmente por las siguientes palabras, dichas por el narrador del cuento: "Los caballos acaban de salir de las manos de Dios y todavía no sienten su ausencia; ¡ah!; yo soy un hijo talludo de su padre y lloro que esté lejos" (41). De nuevo, una especie de escala evolutiva, esta vez inversa, parece ser sugerida aquí para describir la orfandad espiritual que experimenta el personaje, el interés por la percepción zoomórfica de seres humanos en la narrativa arevaliana queda, de este modo, parcialmente explicada.

En 1927, apareció una noveleta en dos partes narrada en tercera persona y titulada *Las noches en el Palacio de la Nunciatura*[16]. En ella encontramos una vez más a los dos amigos, esta vez en la Ciudad de Guatemala, y nos enteramos por primera vez que el narrador anónimo de los cuentos hasta aquí discutidos ha sido Manuel Aldano:

> Cayó de su mano la vida de Santa Teresa de Jesús. La santa, hecho bien conocido por los confesores, había encendido su alma en el amor divino. Y se acordaba Manuel Aldano de lo que le dijera su director espiritual la última vez que había acudido al sacramento de la penitencia.
> –¿Dice usted que está leyendo *Las Moradas*? Ah, ya me extrañaba su unción (8).

---

16. Rafael Arévalo Martínez, *Las noches en el Palacio de la Nunciatura*. Guatemala: Tipografía Sánchez & De Guise, 1927.

El personaje queda así definido no sólo por su nombre sino por su intensa religiosidad. Por su parte, el aspecto enfermizo de Aldano queda también establecido en las primeras líneas del cuento: "El poeta flaco, macilento, exangüe, estaba en una de sus horas de más honda conturbación. Una vez más los factores antagónicos de su vívida sensación de muerte y de su sensualidad luchaban en su espíritu. Jamás como entonces había tenido tan claro conocimiento de que tenía que morir" (7). Manuel Aldano es pues ese ser escindido cuyas expresiones de dolor hemos encontrado en los poemas publicados, hasta esa fecha, con autoría de Rafael Arévalo Martínez.

En la primera parte de la narración, Aldano, protagonista de la historia, tras dar asilo en su casa a un individuo grotesco llamado José Meruenda, tiene una serie de experiencias sobrenaturales. En la segunda parte de la misma, Aretal y Aldano se reúnen para compartir sus experiencias de lo "astral", un términos tomado de la teosofía y que define una de las configuraciones que posee el mundo material. En ambos casos, tales experiencias han sido provocadas por la presencia de Meruenda, a quien Aretal también había dado asilo mientras residía en el Palacio de la Nunciatura.

En este cuento se tiene, por primera vez, información acerca de la vida cotidiana del poeta, no sólo sobre su familia, sino también sobre su trabajo. Así, acerca de su esposa podemos leer: "Andrea, la joven esposa de Aldano... había ya dado muchos hijos a su esposo" (8); y del poeta, que "cumplía con sus deberes en la ofician diplomática[17] en la que estaba empleado" (11). Como todos los escritores de la época, Aldano se ha visto obligado a desempeñar un trabajo de oficina para ganarse la

17. Esta referencia sugiere una clara continuidad con *La Oficina de Paz de Orolandia, Novela del imperialismo yanqui,* publicada por Arévalo Martínez en 1925 (Guatemala: Sánchez & De Guise); en la que el protagonista, llamado Félix Buendía, trabaja en la oficina del título.

vida, ya que como fue discutido al principio de este trabajo, en la sociedad guatemalteca de la época –al igual que en la actualidad–, el escribir no era un profesión, y el escritor, como tal, no era remunerado.

De nuevo, tal y como en "El hombre que parecía un caballo", el aspecto espiritual que une a los poetas es subrayado: "El misterioso señor de Aretal bajó de las nubes... sobre la pequeña y linda Ciudad de Guatemala, donde lo esperaba un alma tan inquieta y tan inquietante como la suya, el alma de su amigo Manuel Aldano" (39).

Aunque el encuentro tiene lugar en la Ciudad de Guatemala, hallamos también referencias a Heliópolis, la ciudad que había sido el escenario de "El trovador colombiano" y a Eldorado, un país que reaparecerá en otras narraciones de Arévalo Martínez: "Heliópolis, la metrópolis del maravilloso Eldorado, que confina con este país" (46).

La llegada de Aretal trae a Aldano recuerdos de sus encuentros anteriores. El uso del apelativo "señor de los topacios" hace referencia directa a "El hombre que parecía un caballo" y "El trovador colombiano", cuentos en los que el narrador ha llamado de este modo a Aretal. Puesto que se estima que, como lectores conocemos ambas narraciones, esta referencia establece una red intertextual que modifica el sentido de todos los cuentos hasta aquí estudiados, y por primera vez podemos, a pesar de la fragmentación narrativa, percibir una unidad de sentido en todas estas historias: se tata de la elaboración de la biografía de Manuel Aldano, poeta decadente guatemalteco y *alter ego* de Rafael Arévalo Martínez, autor de todas estas narraciones.

En la última parte del cuento encontramos la definición más directa que se llega a ofrecer de Aldano y de Aretal en la narrativa arevaliana: dos criaturas que al oponerse se complementan; y de la relación que los une. Su función complementaria en el mundo fragmentado que habitan, reflejo de la visión ocultista del autor, queda aquí claramente expresada: "Y Aretal, el gran poeta maldito y heresiarca, cínico como Voltaire, positivista como Kant, materialista como Buchner, pederasta como Platón; y Aldano, el poeta místico como Teresa de Jesús, ascético como San jerónimo, se sintieron como dos gotas de agua del mismo océano" (94).

También la experiencia panteísta de la realidad, expresada varias veces por Aldano en estos cuentos, alcanza su apoteosis en esta historia:

> [Re]contando amorosos sus pequeñas verdades parciales que los identificaban lo mismo con el perro y el criminal que con el héroe y el santo, dioses enclavados en la cruz de la carne, la vida divina limitada por la materia, se echaron uno en los brazos del otro y sollozaron de angustia con uno de los dolores más grandes que la especie humana ha visto desde Job (95).

Consistente con la función de Aretal en la narrativa arevaliana que hasta aquí se ha estado definiendo, la influencia que éste personaje ejerce sobre Aldano es la del tentador: "Y Aretal transmitía todas estas visiones de duda a Aldano; pero Aldano creía: creía a pesar de ellas" (95).

Es importante notar la referencia hecha por Aretal dentro de su papel de tentador a una literatura religiosa fuertemente ortodoxa, ya que hace uso de las mismas referencias y del mismo lenguaje que Manuel Aldano. Esto dirige nuestra atención, una vez más, al hecho de que ambos personajes, por representar aspectos opuestos de un mismo ser, encarnan las dos apariencias del poeta decadente modernista. Se apunta también, dentro del marco de las creencias postuladas en este cuento, hacia la unidad última que para el narrador, subyace las múltiples formas de la realidad material. "La humanidad ha trazado colectivamente el cuadro de nuestra pequeñez desde Job, Manrique y Kempis hasta Nervo y Darío. Pasemos al de nuestra grandeza. De ése se han encargados los sacerdotes y los poetas" (98), dice Aretal.

La oposición entre la grandeza y la pequeñez humanas queda anulada ya que, aparentemente, la primera reside en la experiencia vivida por los seres humanos y la segunda en su interpretación poética que, para Arévalo Martínez quiere decir, religiosa. La asociación que se establece entre poetas y sacerdotes confirma, una vez más, el exaltado lugar que para los modernistas, y para el escritor guatemalteco en particular, tiene el poeta, cuya función no es solamente literaria sino visionaria, es decir, espiritual.

Al igual que el Jesús de la Biblia, el poeta arevaliano sale triunfador de las tentaciones que Aretal representa. Al final de esta noche espiritual, Aldano responde a su amigo: "Ah, Aretal; y a pesar de todo, católico desde la infancia, clamo *Credo licet absurdum*" (99). Es con estas palabras que la fe queda definida: se trata de la fe absurda de Tertuliano. Y enseguida, rechazando la tentación, "Aldano se despidió de su amigo y corrió a su casa a arrodillarse en su alcoba ante un Cristo y confidenciarle toda aquella terrible negación que había escuchado, que hallaba eco en la duda de su espíritu y contra la que deseaba recibir auxilio" (99). Así, en una escena similar a las que se pueden encontrar en los poemas arevalianos, Aldano se arrodilla ante una imagen de Cristo para pedirle ayuda. Se trata de alcanzar una fe que anule las dudas que existen en su alma y que Aretal ha hecho aflorar.

En 1951, Arévalo Martínez publicó el que habría de ser el último cuento sobre Aldano y su amigo, el señor de Aretal. Se trata de "Canción marina"[18]. En este cuento, más cercano al poema en prosa que al cuento, el narrador expresa su reacción ante un poema de Leopoldo de la Rosa –según el narrador, un poeta

18. Rafael Arévalo Martínez, "Canción marina", *El hombre que parecía un caballo y otros cuentos.* Guatemala: Editorial Universitaria, 1951. pp. 115-119.

modernista colombiano– que le lee el señor de Aretal. Originalmente, el poema, titulado "Canción marina", le deja indiferente. Sin embargo, caminando hacia su casa, experimenta la "divina armonía de la misteriosa canción" (117), y vuelve a Aretal para pedirle que recite de nuevo el poema. Al final se transcribe el poema en su totalidad, colocando a los lectores en la misma situación del narrador ante el poema. Se sugiere de este modo que la belleza del poema reside, no en el texto, sino en la experiencia del lector. Encontramos aquí, implícita, una teoría de la lectura que enfatiza la responsabilidad del lector para establecer el sentido de cualquier texto literario. Esta idea subraya también la fluidez de los significados que pueden ser encontrados, o adjudicados, en cualquiera de los cuentos discutidos en este trabajo, ya que, dado el intenso proceso de intertextualización a que les somete el autor, su interpretación depende de las relaciones que los lectores lleguen a percibir en ellos.

Con este cuento se cierra el ciclo narrativo de Manuel Aldano. En él, el poeta decadente queda identificado como el protagonista de las historias aquí discutidas. En 1923, la imagen del poeta modernista decadente habría de ser enriquecida con la aparición del poemario *Las rosas de Engaddi*[19]. Además, el personaje visionario, capaz de percibir el aspecto animal de los seres humanos continuaría apareciendo en otros cuentos del autor, aunque con los nombres del señor de Ardens, el señor Friend y el profesor Cendal. Sin embargo, en ninguno de estos casos se trata ya del poeta decadente, atormentado por la duda religiosa. Y, cuando el poeta vuelve a ser el protagonista de los cuentos arevalianos, su nombre es Manuel de Avelelo, un poeta místico cuya experiencia de Dios se da, no a través de la amistad, sino gracias a su conocimiento de la teosofía y a sus lecturas de Santa Teresa y de San Francisco de Asís, y cuyas visiones

19. Rafel Arévalo Martínez, *Las rosas de Engaddi*. Guatemala: Sánchez & De Guise, 1923.

–producto de sus anteojos dorados[20]– excluyen ya toda duda de su fe. Sin embargo, la intertextualización, según hemos visto, continuará determinando las posibles lecturas de los cuentos y poemas que Arévalo Martínez habrá de publicar en años posteriores. De este modo, el lector se encuentra obligado a hacer suyas las palabras del escritor al explicar su concepción del cosmos. Se trata, nos dice, en una de sus últimas narraciones, de "un vasto rompecabezas, del que fui concibiendo pedazos lentamente y uno por uno, hasta llegar al último –el arribo a la luna–, que, al completarlo, me proporcionó una satisfacción total"[21]. El lector, pues, al descifrar cada uno de los textos arevalianos, irá percibiendo "lentamente, uno por uno" (7), los fragmentos de ese rompecabezas que es la obra del escritor guatemalteco, hasta percibir el cosmos que él ha concebido y expresado en su trabajo y que, por ser textual, es siempre menos complejo que el que habitamos y al que llamamos, por falta de una mejor palabra, real.

20. Rafael Arévalo Martínez, "El hombre de los anteojos dorados", *El señor Monitot*. Guatemala: Sánchez & De Guise, 1922. pp. 135-141.
21. Rafael Arévalo Martínez, "Los primeros hombres en la luna", *Cuatro contactos con lo sobre natural y otros relatos*. Guatemala: Editorial Landívar, 1971. p. 7.

El homoerotismo en la obra de Rafael Arévalo Martínez

Nacido en Guatemala en 1884, Rafael Arévalo Martínez es el escritor modernista más importante de nuestro país. Autodidacta como la mayoría de escritores guatemaltecos –debido a problemas de salud no llegó a completar la escuela secundaria–, Arévalo Martínez es, sin embargo, considerado uno de los fundadores de la narrativa moderna latinoamericana.

Por la fecha de publicación de su primer libro –*Maya* (1911)–, la crítica guatemalteca lo agrupa con la promoción de escritores conocida como "Generación de 1910." Este grupo representa en Centroamérica la incorporación, bastante tardía, del modernismo a la literatura de la región, que en esos años seguía todavía las formas impuestas por el romanticismo y el realismo europeo del siglo XIX.

Un autor prolífico, Arévalo Martínez elaboró a través de sus poemas, cuentos, novelas, dramas y ensayos –publicados entre 1911 y 1971– una compleja obra autobiográfica en la que se narra la historia del Poeta Decadente. Esta criatura, martirizada por la neurastenia y la duda religiosa, es, sin embargo, representativa de las experiencias que viven todos los hombres –y el escritor establece una clara demarcación entre aquellas experiencias que caracterizan a los hombres y las que definen a las mujeres– en esos años de dramáticos cambios económicos, políticos y sociales a nivel continental. Como queda explicado en el cuento "El hombre verde", el *sujeto autobiografico arevaliano* carece de nombre y, si en la narrativa de este escritor aparece como narrador anónimo, o es conocido como Rafael Arévalo

Martínez, Manuel Aldano, Profesor Cendal, señor Friend, o cualquier otro nombre, también puede llamarse Oscar Wilde, Teresa de Jesús, Francisco de Asís, Platón o Jesús, ya que todas estas denominaciones se aplican a una sola criatura, el Poeta, reflejo de un Ser Único que carece de nombre y al que los seres humanos, debido a sus limitaciones, llaman Dios.

De todos los textos publicados por Arévalo Martínez, "El hombre que parecía un caballo" (1915), uno de sus primeros cuentos, sigue siendo el más conocido. Sin embargo, éste no es más que un fragmento de uno de los múltiples ciclos narrativos arevalianos. En el grupo de cuentos al que pertenence esta historia –que podría designarse como el *ciclo de Manuel Aldano*, ya que en todos ellos se narran fragmentos de la vida de este personaje– las dos figuras principales, Manuel Aldano –en quien todos los estudiosos han visto el *alter-ego* de Arévalo Martínez– y el señor de Aretal –una semi-velada ficcionalización del poeta colombiano Profirio Barba-Jacob–, viven una intensa aventura espiritual. Las experiencias que ambos llegan a compartir son el resultado de la profunda amistad que los une. Esta amistad, modelada según las teorías del amor propuestas por Platón y ampliadas con posterioridad por los filósofos neoplatónicos del Renacimiento europeo –especialmente Marsilio Ficino y Leone Ebreo–, representa una anomalía dentro de la literatura de nuestro continente, ya que es declarada una relación amorosa. Es importante explicar, sin embargo, que como todo neo-platónico, el escritor guatemalteco ve el amor como una vivencia estrictamente espiritual, cuya función, como se puede ver en el cuento "Nuestra Señora de los Locos," es la de engendrar un hijo, también espiritual, que encarna en una obra de arte: el poema. El amigo, como el amante, sólo busca amar el alma del amado –prisionera según estas doctrinas en un cuerpo material–, ya que percibe en ella el reflejo de ese Ser Único del cual ambas son emanación. Además, como se puede ver por su novela *El mundo de los Maharachías* (1938), los hombres, que son combinación, como se ha dicho, de espíritu y materia, tratan a través de ese amor de convertirse en verdaderos seres humanos. Para alcanzar ese estado, sin embargo, es necesario que, habiendo comprendido que su cuerpo es la forma más baja que puede tomar el espíritu, el hombre evolucione y se espiritualice. Esto, paradojicamente, implica la aceptación por parte del individuo del aspecto animal que, como ser humano, posee. Tal aceptación le permite, a su vez, reincorporarse al ámbito de la naturaleza, es decir, le permite recobrar su estado original. Así, como queda aclarado en el ciclo de los cuentos de Manuel Aldano, mencionado más arriba, y como fue explicado por su autor en varias ocasiones, las visiones que los dos amigos llegan a experimentar se deben al alto grado de evolución espiritual que ambos poseen por ser poetas.

La idea de que los seres humanos han de pasar por toda una serie de niveles de desarrollo espiritual antes de alcanzar ese estado de verdadera humanidad en el que lo divino y lo animal llegan a configurar una síntesis –algo expresado por Arévalo Martínez en la novela ya mencionada y en varios de los poemas de *Las rosas de Engaddi* (1921)–, es resultado de las creencias que el escritor guatemalteco mantiene con respecto a la metempsicosis, un concepto que toma no sólo de Platón sino de Madame Blavatsky, la figura más importante entre aquellas asociadas con las doctrinas de la Teosofía, concepto que él justifica desde un punto de vista científico haciendo referencia a las ideas evolucionistas propuestas por Darwin. Otra consecuencia de ese ciclo de reencarnaciones que los seres humanos deben de sufrir antes de alcanzar una total espiritualización y de volver al Ser Único del cual han salido, es la "complejidad sexual" que caracteriza a esos seres que, como los poetas, son excepcionales. Esta teoría, que parece originarse con Arévalo Martínez, queda explicada en un diálogo de corte platónico titulado precisamente

"Complejidad sexual". Aquí, el Poeta explica a una amiga que en todo ser de excepción existe una "superposición de los dos sexos". De este modo, Arévalo Martínez, manteniendo el concepto de un alma personal y de la polarización de los géneros sexuales, construye la idea del individuo como un ser específico, definido por su género sexual y por su nombre, emblemático este último de la unidad y coherencia que implica todo sujeto.

Debido a la oposición tan drástica que Arévalo Martínez establece entre el mundo cotidiano –que para los modernistas representa el ámbito de lo material– y el mundo de lo espiritual, el tipo de experiencias que los amigos llegan a vivir ocurre a un nivel completamente independiente de los acontecimientos que el poeta ha de confrontar día a día. Esto puede verse en una novela corta publicada en 1925, titulada *La Oficina de Paz de Orolandia,* en la que se narran los problemas a los que el narrador y protagonista –un poeta llamado Félix Buendía– ha de enfrentar a diario para poder ganar el sustento para él y su familia. Novela satírica de corte político, nos muestra la corrupción que caracteriza la vida de los seres humanos preocupados únicamente por ganar un salario. Estas experiencias, como queda explicado en varios de los ensayos arevalianos, pertenecen a un tipo de realidad que los hombres habrán de ir rechazando conforme sus almas vayan evolucionando, es decir, conforme sus almas vayan descubriendo que el mundo es solamente la forma material que toma el Alma Universal.

La idea de que el mundo físico es un mundo degradado para quien no ha logrado percibir que el universo no es sino otra de las formas que toma ese ser al que llamamos Dios, y que, por lo tanto, los trabajos ejercidos para subsistir a un nivel exclusivamente material sumen al hombre aún más en el nivel de lo no-humano, queda elaborada también en la poesía de este escritor. Así, en "Canto a Flamel" un poema incluido en *Maya* (1911), el poeta critica al alquimista francés Nicolás Flamel por haber acudido a la acción y no haberse limitado únicamente a la imaginación y a la palabra. Esta oposición entre acción y contemplación es explorada cuando el poeta contrapone a la figura bíblica de Marta, la hermana hacendosa, la de María, la hermana contemplativa. El que en esta conocida historia del Evangelio de Lucas, Jesús haya favorecido el arrobamiento de la segunda sobre la laboriosidad de la primera, justifica lo que, según Arévalo Martínez, ha de ser la función del poeta. Éste, como las aves de la parábola atribuida a Jesús, ha de rechazar todo trabajo material, limitándose a contemplar el mundo y a cantar una verdad única: la multiplicidad que percibimos en el universo es ilusoria, y la fuerza que le da su unidad, es decir su realidad, es el amor.

El uso que Arévalo Martínez hace a menudo de figuras bíblicas en sus textos llena su prosa y su poesía de resonancias religiosas que él tiende a contrastar con las teorías científicas más importantes de la época –las referencias a la teoría evolucionista de Darwin, a la tipología de Lombroso y a las ideas sobre la decadencia de Max Nordau son muy comunes en los textos arevalianos, y se encuentran contrapuestas no sólo a creencias específicamente cristianas sino también a las ideas de Platón y a las doctrinas de la Teosofía–. El escritor, sin embargo, deja que el lector determine cuál de estos dos discursos –el religoso o el científico–, presentados como contradictorios, ha de ser empleado para interpretar los hechos descritos en sus narraciones, con lo que se subraya el papel que el lector juega en la elaboración del sentido que cualquiera de sus textos pueda tener. Si a esto agregamos la extrema fragmentación que la obra de este escritor muestra –la intertextualización como estrategia para sugerir que toda su obra es un texto único, que a su vez él extiende a los textos de otros autores es, en algunos momentos, alucinante–, se verá que es imposible asignar un sentido unívoco a los texos arevalianos. Como toda forma material, cualquier texto literario no es sino fragmento de una unidad inalcanzable para los seres humanos pero que, no por eso, es menos real –en el caso de la literatura, se trataría del Poema–, unidad que solamente un lector-poeta podrá llegar a percibir, es decir podrá llegar a elaborar a través de su lectura. Así, la literatura arevaliana habrá de verse como una aventura totalmente imaginaria, como una creación del lenguaje que resiste toda incorporación fácil a discursos que buscan establecerse como definitivos o canónicos. Es por esta razón que, si dentro de sus textos el discurso religioso critica e invalida el discurso científico, es este último, irónicamente, el medio por el cual el escritor busca explicar y justificar su visión espiritualista del universo. En igual forma, aunque la amistad entre Aldano y el señor de Aretal es descrita por medio de imágenes eróticas que nos remiten al mundo del amor heterosexual –la intensiad amorosa que experimentan los recién casados es una de estas imágenes que encontramos en este contexto–, ellas, sin embargo son empleadas para definir una experiencia estrictamente espiritual que se da, debido a la complejidad sexual que los define, entre dos hombres. Por otro lado, cuando la atracción espiritual, que es la base del amor que une a los amigos en los textos arevalianos, se encuentra ausente, lo que encontramos son relaciones entre "invertidos" y travestidos, tal y como lo expresa el narrador del cuento "Por cuatrocientos dólares" (1951), un cuento en el que se narra la historia de dos amigos, los cuales, buscando satisfacer únicamente sus necesidades materiales, sacrifican su vida al mercantilismo más grosero y sólo pueden llegar a percibir las formas más abyectas de la realidad. Esas relaciones, que Arévalo Martínez no condena por darse entre personas del mismo género sexual, como queda claro en un ensayo dedicado a Oscar Wilde, son, sin embargo, en sus ojos, criticables por ser la versión física –y por lo tanto degradada– del amor espiritual que une a los verdaderos amigos.

Así, a cierto nivel, una de las razones de ser de estos textos reside en el deseo de su autor de afirmar el papel que el amor juega en la revelación del universo como una entidad poseedora de un sentido espiritual y, por lo tanto, unitario; sin embargo, tal afirmación se ofrece por medio de una obra en que las contradicciones operan como principio estructural del discurso. Estas contradicciones encarnan, específicamente, en la teoría de los opuestos complementarios, propuesta por el escritor guatemalteco. De acuerdo a ella, todo lo que se encuentra en el universo posee un alma particular. Estas almas, que son sólo un reflejo del Alma Única, siguiendo las leyes de una economía divina, compensan sus fuerzas negativas con fuerzas positivas, resolviéndose ambas en ese balance que, a nivel material, sólo posee la naturaleza, de la que los hombres están, por su naturaleza mixta, separados. Dentro del mundo de la realidad humana, Arévalo Martínez concibe este balance como la habilidad de experimentar el mundo como poema, es decir, como la síntesis de esas formas opuestas que buscan encontrar su equilibrio dentro del universo físico. Esa percepción es, claramente, parte de las vivencias que caracterizan al Poeta. Consecuentemente, para Arévalo Martínez, la literatura ha de ser percibida como el aspecto material de la Poesía, la cual, a su vez, constituye una de las formas del Amor. De este modo, la relación que une a los amigos arevalianos queda reflejada en el tipo de comunicación que el lector establece con el poeta arevaliano. Con una prosa exquisitamente trabajada –especialmente en los textos de su primera época–, deslumbrante por la riqueza de sus referencias y lo sorprendente de sus imágenes, ese cuerpo textual que es la literatura arevaliana nos seduce y nos atrae. Sin embargo, como el mismo Arévalo Martínez aclara, si hemos de acercarnos a ella, si hemos de aprender a amarla verdaderamente, habremos de ir más allá de su apariencia –más allá de su cuerpo– para descubrir el mensaje que nos revela, un mensaje en el que se afrirma el origen espiritual de toda materia. Consistente con el aspecto paradójico de su trabajo, en la visión que del amor nos propone este escritor, siguiendo las ideas platónicas que propone, amar un cuerpo, que es lo mismo que amar las formas de la literatura, es enamorarse únicamente de su aspecto material, es apasionarse solamente por su forma e ignorar esa verdad profunda que, prisionera en ella, busca manifestarse. Tal verdad, que es estrictamente espiritual, nos revela, al reflejarnos, nuestra verdadera realidad, la cual, por ser divina –somos un fragmento o un reflejo del Ser Único al que llamamos Dios–, no sólo es eterna sino que es, también, única.

Bibliogafía

Brañas, César. "'La generación de 1910': recuerdos y sugestiones en los márgenes de la revista *Juan Chapín* (1913-1914)", *El Imparcial* [Guatemala] 6 jun. 1964: 13+. 11jun. 1964: 11+. 13 jun. 1964: 15+. 18 jun. 1964: 9+. 20 jun. 1964: 15+.

Carrera, Mario Alberto (1975). *Las ocho novelas de Rafael Arévalo Martínez.* Guatemala: Ediciones de la Casa de la Cultura Flavio Herrera de la Universidad de San Carlos.

Estrada, Hugo (s. f.). *La poesía de Rafael Arévalo Martínez.* Guatemala: Tipografía Nacional.

Foster, David William(1991). *Gay and Lesbian Themes in Latin American Writing.* Austin: University of Texas Press. pp. 43-50.

Lonteen, Joseph Anthony (1969). *Interpretación de una amistad intelectual y su producto literario: "El hombre que parecía un caballo".* Guatemala: Editorial Landívar.

Nájera, Franciso (2003). *El pacto autobiográfico en la obra de Rafael Arévalo Martínez.* Guatemala: Editorial Cultura.

Perry, Anthony (1980). *Erotic Spirituality: The Integrative Tradition from Leone Ebreo to John Donne.* Alabama: The University of Alabama Press.

Reedey, Daniel R. (1979). "La dualidad del 'yo' en 'El hombre que parecía un caballo'". En *El ensayo y la crítica literaria en Iberoamérica: Memoria del XIV Congreso Internacional de Literatura Iberoamericana.* Kurt L. Levy y Keith Ellis (eds.). Toronto: U. de Toronto, pp. 167-174.

Webb, James (1988). *The Occult Underground.* 3ª reimpresión. Illinois: Open Court Publishing.

Este artículo fue publicado originalmente en inglés en David William Foster, ed. (1994). Latin American Writers on Gay and Lesbian Themes. A Bio-critical Source Book. *Westport, Conn.: Greenwood Press. pp. 36-41.*

Madre, nosotros también somos historia. Un poema-testimonio de Francisco Morales Santos

En su libro *The Voice of the Masters: Writing and Authority in Modern Latin American Literature,* Roberto González Echeverría describe la narrativa de testimonio como "una literatura que es testimonio en el sentido de ser testigo y en el de ser una especie de monumento"[1], es decir, como un documento y como un monumento a la vez. Ve, además, en este tipo de literatura, dos corrientes. La primera, que él designa como "testimonio épico", reúne "los reportes más o menos contemporáneos, de acciones militares dadas por los participantes en la lucha armada"[2]. A la segunda, aparecida con posterioridad, la caracteriza como "el reporte de testigos marginales... una especie de historia cultural que se refiere a la vida diaria y a las tradiciones de un pueblo"[3]. Este segundo grupo, dice, "tiende a tener protagonistas femeninos, mientras que el primer grupo está poblado por hombres... [y] que al volverse hacia los orígenes, sugiere un regreso al útero, a una especie de inmovilidad antes del nacimiento y la violencia"[4]. Agrega, además, que la importancia que se le puede atribuir a este tipo de literatura reside en que al "rescatar el pasado de los reportes convencionales, a menudo distorsionados"[5], que configuran la Historia Oficial, nos ofrece

---

1. Roberto González Echeverría, *The Voice of the Masters: Writing and Authority in Modern Latin American Literature.* Austin: University of Texas Press, 1985. p. 114. La traducción de esta cita, y de todas las que siguen, es mía.
2. *Ibid*, p. 115.
3. *Ibid*, p. 116.
4. *Ibid*, p. 117.
5. *Ibid*, p. 122.

la experiencia de grupos marginados o silenciados, elaborada y comunicada por ellos mismos.

Por su parte, Marc Zimmerman y John Beverly, en un estudio sobre la literatura y su relación con la lucha armada centroamericana, al analizar la narrativa testimonial, escriben: "Los testimonios dan voz, por medio de la literatura a un sujeto colectivo, previamente anónimo y sin voz: el pueblo"[6].

Para ellos, por tratarse de la expresión de un sujeto colectivo, este tipo de literatura "no puede afirmar una identidad separada de una situación de grupo o clase caracterizada por la marginalización, la opresión y la lucha. Si esto llega a ocurrir, deja entonces de ser un testimonio y se convierte en una autobiografía, esto es, en un reporte y, al mismo tiempo, en una forma de alcanzar un nivel social identificado con la clase media o la alta"[7]. Es decir que se convierte en literatura que es, estrictamente, expresión artística, en una forma de expresión individual –la del "autor"–, o en literatura comercial y de consumo y no ya de acción social o política. En Centro América, continúan explicando Zimmerman y Beverly, las diferentes formas que toma la literatura testimonial, reflejan "la praxis de los sectores étnicos, socialmente subalternos, que empiezan a emerger [se trata del año 1990] en la región"[8], los cuales, hasta ese momento, habían carecido de voces que expresaran las experiencias de sus comunidades en forma escrita, en idiomas no locales y a públicos localizados fuera de esas comunidades. Dada esta necesidad de afirmar una realidad hasta ese momento negada o escondida por el discurso oficial. "La voz que le hable al lector en la forma de un 'yo' [o un nosotros] que exige ser reconoci-

6. Marc Zimmerman y John Beverly, *Literature and Politics in the Central American Revolutions*. Austin: University of Texas Press, 1990. p. 176.
7. *Ibid*, pp. 177-178.
8. *Ibid*, p. 206.

do, que quiere o necesita exigir nuestra atención"[9], ha de verse como la voz de una persona real, y no la de un personaje ficticio. Por lo tanto, "incluir a la literatura testimonial dentro de la categoría de ficción literaria es negarle el poder para envolver a los lectores"[10] en un diálogo que permite "su articulación conjunta en un programa o frente común"[11]. Irónicamente, para ellos, los mismos elementos que en los textos testimoniales subrayan el papel tan importante que la literatura puede jugar en el desarrollo de una conciencia política o social –la elaboración de sujetos capaces de afirmar sus historias y sus experiencias, sus similitudes y diferencias con respecto a otros grupos cercanos o lejanos geográfica o históricamente, capaces expresarse en contra de las injusticias que los aquejan y de definir y afirmar sus derechos–, muestran, al mismo tiempo, su limitación esencial, ya que el lector puede decidir interpretar el texto como una ficción literaria más, sin consecuencia política alguna, y negar, de este modo, su aspecto "testimonial" o documental.

Mientras que los críticos arriba citados estudian la literatura testimonial en relación con formas narrativas, a continuación trataré de mostrar que el poema *Madre, nosotros también somos historia,* del poeta guatemalteco Francisco Morales Santos, representa también un caso de escritura testimonial. El texto, dedicado "A Magdalena Santos, de su hijo", fue publicado en 1988[12], y consta de 191 versos divididos en 28 estrofas, las cuales se encuentran organizadas en cuatro partes. Escrito en un lenguaje conversacional, con un lenguaje directo y sencillo, el poema se caracteriza por su uso de guatemaltequismos y de ex-

9. *Ibid,* p. 175.

10. *Ibid,* p. 177.

11. *Ibid.*

12. Francisco Morales Santos, *Madre, nosotros también somos historia.* Guatemala: Serviprensa Centroamericana. 1988. La páginas de esta edición carecen de numeración. Todas las citas seran tomadas de esta edición.

presiones consideradas en el contexto guatemalteco, si no vulgares, al menos corrientes. En él encontramos una voz –designada de aquí en adelante como poeta o sujeto lírico– que se define a partir de las experiencias vividas y de las lecciones aprendidas en su niñez, al lado de la madre. Ésta, denominada únicamente por ese apelativo, llega a convertirse en el poema –y gracias al mismo– en una figura transcendental y simbólica. Por un lado, fuente u origen del poema que estamos leyendo y, por lo tanto, de la escritura que permite la fijación de los hechos y de las memorias que el poema comunica más allá del círculo familiar, dentro del cual el poema se ha constituido como experiencia.

Por el otro lado, la figura de la madre del sujeto lírico que escribe el poema, en cuanto figura simbólica y transcendental es, además, el sustento, el fundamento sobre el que se constituye la historia no sólo del sujeto lírico sino del país. De este modo, historia y literatura convergen en un solo discurso cuya función, como se verá más adelante, es la de abrir un espacio en el que nos es posible escuchar las voces de los pueblos que han sido marginados por los grupos de poder en esa región geográfica conocida, oficialmente, como República de Guatemala.

Como nos damos cuenta al leer el poema, la madre es una mujer poseedora de una gran riqueza espiritual y de una profunda fuerza moral. Sin embargo, por pertenecer a uno de los pueblos mayas que desde hace siglos habitan esta región, es menospreciada y explotada por quienes, en diferentes formas, detentan poder, sin que tal hecho cause ninguna sorpresa ni ninguna protesta dentro de los grupos mestizos que también forman parte de la nación guatemalteca. El poeta, al percibirla como emblemática de tal situación y al declararse su hijo, afirma su identificación con la experiencia de los pueblos desdeñados y abusados por quienes se perciben como social y culturalmente superiores por creerse parte del "mundo occidental" y del "mundo moderno". Es importante subrayar que el término "indio" o "indígena" no es usado nunca por el poeta, y que la identidad étnica de los personajes que encontramos en el poema tampoco queda establecida directamente en ningún momento, aunque existen suficientes elementos extratextuales que permiten determinar el contexto socio-cultural dentro del cual se ha de entender el poema, si es que hemos de valorarlo en toda su riqueza. En primer lugar, para un lector guatemalteco "ladino" –es decir, un guatemalteco que se define como no-indígena–, las situaciones expresadas en el poema pertenecen al tipo de experiencias asociadas con la vida de los "indios" (éstas serán especificadas más adelante al hacerse el análisis del poema). En segundo lugar, Morales Santos, en una entrevista publicada en 1984, responde a la pregunta que le hace quien lo entrevista: "¿Su extracción es indígena?", diciendo: "Sí, soy de esa ascendencia por las dos ramas. Le diré, incluso, aún tengo familia que se viste a la usanza y que se expresa habitualmente en kackchiquel [sic]"[13]. Como el sujeto lírico en el poema, el escritor no hace uso de la palabra "indígena" –empleada por quien lo entrevista– para describirse a sí mismo o a su familia. Es posible determinar de este modo, los dos campos ideológicos que determinarán el sentido histórico y político del poema en un contexto guatemalteco y latinoamericano: el de los "indígenas" y el de los "no-indígenas". Será necesario, por lo tanto, aclarar el significado que la palabra "indio" o "indígena" tiene en Guatemala, y en los países con una fuerte población originaria, para comprender las formas que el racismo toma como expresión de poder en ellos.

En un estudio titulado "Estudio de explicación teórica sobre la realidad social guatemalteca", Jean-Loup Herbert escribe: "El término 'indígena' forma parte de la relación colonial, ya que fue impuesto por el español quien no quería llamar por su

13. María Arranz, *Nuevo Signo: historia de un grupo literario de Guatemala*. Guatemala: Tipografía Nacional, 1984.

verdadero nombre a la población autóctona, quitándole de tal manera su identidad"[14]. Es decir que ese apelativo refleja la concepción colonialista y racista que marca las relaciones sociales, a nivel de grupo, en nuestro país, y que Morales Santos, como descendiente de esa población originaria robada de su nombre, necesariamente rechaza. A eso se debe que, en cambio, se declare miembro de una familia kackchiquel, ya que ese es el nombre legítimo del pueblo al que él y su familia pertenecen.

Por su parte, Carlos Guzmán Böckler, sociólogo guatemalteco, puntualiza que en la sociedad guatemalteca:

> el término *indio* [el subrayado es suyo]... es un concepto racista que da por sentada la explotación económica y que apareja un mecanismo de justificación del colonizador, desde su punto de vista. Pero del otro lado no significa únicamente eso. Involucra el reconocimiento de la existencia de un pueblo no mencionado por su nombre sino designado por un mote[15].

A estas palabras se pueden agregar las de Lourdes Arizpe, una antropóloga mexicana, quien comenta:

> El término indio... no solamente designa a un grupo cultural específico, sino un estrato social y político... no solamente designa a individuos que pertenecen a una comunidad india, que se "sienten" indios según la famosa definición de Alfonso Caso. Designa algo más y no un contenido simbólico o material especial, sino un

---

14. Jean-Loup Herbert, "Ensayo de explicación teórica sobre la realidad guatemalteca", *Guatemala, una interpretación histórico-social.* México: Siglo XXI, 1986. p. 51.

15. Carlos Guzmán Böckler, *Donde enmudecen las conciencias: crepúsculo y aurora en Guatemala.* México: SEP-CIESAS, 1986. p. 342.

tipo de relación con la sociedad nacional[16].

Por lo tanto, al hablar de "indios" o "indígenas" en un contexto guatemalteco –y latinoamericano–, no hablamos sencillamente de los pueblos que han mantenido su identidad cultural a pesar de los intentos de sojuzgamiento acarreados por todos los gobiernos a partir de la conquista española –pueblos caracterizados por los mestizos en el poder como "grupos étnicos", es decir, como grupos no "asimilados"–, sino que hablamos de esas "etnias latinoamericanas que carecen de una defensa jurídica o política ante la explotación económica. Por ello se les niega acceso a la educación, a la tecnología más avanzada, al mismo tiempo que se intenta impedir el libre curso de su desarrollo endógeno propio"[17]. Queda claro entonces que, en nuestros países, calificar a alguien de "indio" es no solamente inscribirlo dentro de una etnicidad específica, sino categorizarlo como miembro de un grupo que puede ser explotado impunemente, percibirlo como parte de uno de los grupos sujetos, desde la llegada de los europeos, a múltiples formas de genocidio. Crímenes contra los que el resto de las naciones no ha creído necesario protestar, haciendo caso omiso de que en que en el contexto de las luchas por los derechos humanos, condenar tales formas de terrorismo es parte de sus responsabilidades internacionales.

Habiendo especificado con estas citas el sentido que el término "indio" posee en nuestro país, pasaré ahora a analizar el mundo expresado en el poema del escritor guatemalteco.

La primera parte del poema está compuesta por doce estrofas. En ellas, el aire húmedo del invierno guatemalteco –la época de lluvias en esta región– trae a la memoria del sujeto lírico la figura de la madre. Para acercarse a ella, declara, tendrá

16. Lourdes Arizpe. "El indio: mito, profecía, prisión", *América latina en sus ideas.* Leopoldo Zea, coord. México: Siglo XXI, 1986. p. 342.
17. *Ibid*, p. 343.

que dejar atrás la realidad cotidiana, en la que ahora vive inmerso y, más importante aún, tendrá que rechazar esa cultura de los libros, de la que la literatura es el más acabado ejemplo, y reinsertarse en el mundo de lo oral:

> Cerré entonces el libro para acercarme al hombre
> formando multitudes, dejé correr las voces,
> dejé que envejeciera la tarde por ser tarde,
> perdoné la flojera del bus y los enviones
> y me puse a pensar copiosamente, verificando los
> recuerdos
> en el manual de tus oficios regios.

Claramente el papel del poeta no será aquí el del esteta, sino el del portavoz de la memoria de su gente, que es una parte de la memoria nacional que otros grupos de la sociedad guatemalteca han buscado negar. A partir de este momento, el poema habrá de moverse entre esos dos polos: el de la niñez rescatada por la memoria y el de la realidad cotidiana en la que ahora se mueve el poeta. El primero se hallará asociado con la madre –núcleo benefactor de la familia–, y el segundo por ese mundo degradado caracterizado por los autobuses, mundo que al final del poema será descrito como "país carajo".

La memoria llega al poeta como una experiencia física y no únicamente verbal, algo que le penetra el cuerpo "como si desde lejos llegara a una poesía torrencial". Esta poesía, identificada con la lluvia, es decir con las fuerzas de la naturaleza, es la que le permitirá entablar ese diálogo con la madre –"nuestra plática larga"– que es el poema. "Siempre has sido discreta, como el lápiz coautor de esta crónica / donde exalto tus quehaceres domésticos / y el libro destinado a recoger tus señas y rústicos cantares". El uso del vocablo "crónica" en vez de canto o poema, que serían los términos esperados dado el género del texto, apunta claramente hacia la forma en la que éste ha de ser leído. "Crónica", de acuerdo al *Diccionario ideológico de la lengua española,* es una "historia en [la] que se observa el orden de los tiempos"[18]. Por su parte, *El Pequeño Espasa* define "Crónicas" de la siguiente manera: "Relación de acontecimientos históricos cuyo objeto es la simple consignación" de los hechos, es decir, su inscripción "con formalidad jurídica o de modo solemne"[19]. Encontramos así, anotado en el poema, el código de su lectura: se trata –según lo declara el poeta– de un texto testimonial. Como tal, su función será la de inscribir en el discurso histórico guatemalteco, de un modo formal y solemne, acontecimientos silenciados por la historia oficial: la vida de una familia del pueblo –piedra fundamental de la sociedad guatemalteca– que al recibir los beneficios que ella provee, refleja los actos cotidianos de la madre, mujer "indígena" cuya inteligencia y fuerza moral, además de su sentido ético ante la vida, pueden representar la verdadera experiencia –la verdadera historia– de la nación.

En el poema, el sujeto lírico, tras reconocer la influencia que la madre ha tenido en su vida –"Me pareció entonces que desde tu poniente retornabas el sol a mi cerebro, permitiéndome ver más claramente / el presente y el futuro", nos dice–, vuelve a encontrarse en el mundo de lo cotidiano, ese mundo en el que las palabras son únicamente ruido: "Precisamente, madre, no quiero hablar de ruidos / bajo los cuales pasa mi corazón las diarias / y persistentes pruebas de insensibilidad". Prefiere, en cambio, "reseñar el tiempo que a ambos nos corresponde / tiempo cereal, tiempo que reverdece en el poema". Se confirma de este modo que el poema habrá de ser la materialización de ese espacio/tiempo de lo natural, en el que el lenguaje, al ser uno con la naturaleza, puede poseer un sentido claro e intrínse-

18. Julio Casares, *Diccionario ideológico de la lengua española.* Barcelona: Editorial Gustavo Gili, 1966. p. 234.
19. Crónicas: *El pequeño Espasa.* 1988. p. 353.

co. Más adelante se comentará sobre el aspecto ideológico que esta identificación con un orden "natural" acarrea dentro del poema y dentro del contexto literario hispanoamericano.

Unas estrofas más abajo, el poema recuerda a la madre en sus diarias labores, "atizando la alegría en tiempo de vacas flacas", "pequeñita de cuerpo", aunque teme "hallarlo rajado por el peso que impone la pobreza". Luego, en una de esas descripciones en las que, como se dijo antes, un lector guatemalteco podrá identificar el trabajo diario de una mujer "indígena", el sujeto lírico exclama:

> Déjame recordarlo [tu cuerpo] en los días de mercado,
> con cargas
> recorrido
> y sudores obligados,
> con una primavera metida en el canasto,
> con una primavera que al cabo de los años he visto en
> la terrestre
> pintura de Tamayo [...]

La referencia al pintor mexicano impone ahora una lectura intertextual del poema, incorporándose de este modo la figura de la madre al mundo del arte pictórico –el poema es también un retrato–. Además, no hay que olvidar la identificación de Tamayo con su pueblo zapoteca. Se subraya de esta manera que este poema, como el arte de Tamayo, se encuentra comprometido con la situación de la gente a la que pertenece el poeta. Encontramos otra referencia al mundo del arte –esta vez literario– en los siguientes versos del poema: "Déjame recordarte allá lejos, en el tiempo, / como la suave patria, descalza y sin temores". Esta alusión al poema de Ramón López Velarde[20], el

20. Carlos Monsiváis, ed., *La poesía mexicana del siglo XX. Antología*. México: Empresas Editoriales, 1966. p. 283.

poeta mexicano, permite que la madre quede identificada con la idea de la "patria". La patria no es, en el poema de Morales Santos, esa imagen demagógica predicada por los políticos de turno, sino una mujer de carne y hueso que sufre día a día la amargura de una miseria impuesta por la sociedad dominante y que, contra los rechazos de tal sociedad, educa con su ejemplo a su familia, es decir, a su pueblo.

En la siguiente estrofa, el poeta recuerda las historias que se contaban en su familia: "Ninguno aquí acostumbra decir: 'Había una vez...' /, etcétera. Lo que se cuenta en pushitos de palabras / son hechos cotidianos que habrán de repetirse". El sujeto lírico confirma con estas palabras su función de portavoz de su gente, sugiriéndose además el carácter oral de la cultura kaqchikel. También se sugiere una visión cíclica de la realidad, la cual es característica de muchas culturas no europeas. Se busca una vez más enfatizar la visión propia de los pueblos mayas de Guatemala. Es posible también percibir, en esta afirmación de la comunicación oral de hechos cotidianos, la experiencia no literaria de la mayoría de los pueblos originarios de nuestro continente. Como escribe González Echeverría en el ensayo citado anteriormente: "América Latina está formada por una gran diversidad de culturas, muchas de las cuales no tienen nada que ver con la literatura, ni como productores, ni como consumidores"[21]. Esto no indica una minusvalía intrínseca en cuanto a estos grupos, sino sencillamente una práctica diferente en cuanto a las formas de comunicación empleadas por los pueblos productores de escritura, los que, dada su expansión global, han logrado imponer como normativas para el resto del mundo sus formas de conservar la memoria y de comunicarla. Unas estrofas más abajo, el poeta alaba la continua actividad que en el hogar despliega la madre:

---

21. González Echeverría, *op. cit.* p. 11.

En tu campo de ejercicios tus manos lo eran todo:
clareaban la cocina antes que amaneciera y el canto de
    los gallos
deseara buenos días,
recogieron el fuego de los siglos,
detuvieron el hambre para que nuestras vidas tuvieran
su futuro
y siempre siempre estaban aplaudiendo victorias
sobre ocupaciones.

Estos versos niegan en forma directa la acusación más común entre los terratenientes y patrones latinoamericanos, quienes imputan a los "indios" el ser torpes y haraganes[22]. Subrayan también el papel de la madre en la lucha contra el hambre y la miseria que acosan a la familia y, consecuentemente, su importancia en el desarrollo de sus hijos. Por otro lado, confirman las palabras de Guzmán Böckler quien, en el estudio ya citado, al describir las experiencia cotidiana de las comunidades mayas en Guatemala, ha escrito: "El indio es un ser que vive y trabaja en forma miserable en el campo"[23]. Esta realidad ha sido silenciada por el discurso oficial guatemalteco, en el cual se ha preferido hablar de grupos que no han "ido asimilando los aspectos generales de la civilización occidental tan efectivamente como parece que debería de suceder"[24]. Es decir que el Estado gua-

22. Sobre este tema véase Jean-Loup Herbert, "Expresiones ideológicas de la lucha de clases: De la discriminación institucional a su mixtificación; el indigenismo", en *op. cit.* p. 122-124.

23. Guzmán Böckler, *op. cit.* p. 22.

24. Antonio Goubaud Carrera, "Indigenismo guatemalteco", en *Indigenismo en Guatemala*. Guatemala: Ministerio de Educación Pública, 1964. p. 18. Este artículo refleja la ideología de los estudios que, con el tema de "indigenismo", fueron publicados bajo los auspicios del Seminario de Integración Social Guatemalteca, fundado en 1955, hasta finales de los años 80. Hay publicaciones posteriores a esta fecha que reflejan ya una nuevo enfoque hacia las culturas maya-guatemaltecas.

temalteco ha buscado sugerir que la culpa reside en los grupos explotados y no en el sistema de explotación por medio del cual se les ha llegado a victimizar.

En esta forma, las labores de la madre, que desde un punto de vista económico son únicamente una forma de defensa en contra del hambre y la miseria que cerca a las comunidades maya-guatemaltecas día a día, desde el punto de vista ético logran dar frutos de gran valor cívico. Como lo expresa el poeta: "La luz que dosifico sobre mi actitudes civiles y a las claras / proviene de tu cara vista hace mucho tiempo / cuando para alcanzarla tenía que empinarme".

En la estrofa que sigue, la madre es asociada con un "enorme río en la geografía del afecto", es decir, con una fuerza de la naturaleza, capaz de "reinventar la esperanza" y de rescatar al hijo, ese sujeto portador de la memoria de su gente, quien, para fijarla, llegará a escribir el poema que leemos. El poema niega, de esta manera, la generalizada imagen de la madre en nuestros países, en los que se la percibe como un ser sufrido y carente de poder, excepto en el orden de lo sentimental.

> Hablaré de tus prodigios para reinventar la esperanza
> y de cómo transformaste en espada tu lamento
> la vez en que la muerte llegó a escasa distancia
> inquiriendo por mis huesos.

La identificación que se ha establecido dentro del poema entre la madre y la naturaleza sirve dos propósitos, en primer lugar confirma la idea de la mujer como configuración simbólica de ese espacio natural –y por lo tanto originario– en el que se ha de modelar todo orden verdaderamente humano, el cual se opone, según el sujeto lírico, al propuesto por la historia oficial; en segundo lugar, busca instaurar la legitimidad del poema –cuya fuente de origen se encuentra en la madre– en cuanto experiencia literaria. Como explica González Echeverría al estudiar la función e importancia que la metáfora de lo natural posee en la literatura hispanoamericana:

> El vigor con que se presenta la metáfora de lo natural ha sido tan grande en la literatura y la crítica latinoamericana que es difícil encontrar un trabajo de importancia que no lo invoque, desde el principio del romanticismo hasta "Piedra de sol", la naturaleza y, más específicamente, el sistema metafórico que conforma este concepto, ha sido la superficie sobre la que la literatura latinoamericana ha suscrito el mito de su legitimidad[25].

El poema, gobernado por imágenes del mundo natural, y producto de ese diálogo que el poeta, a partir de la memoria, sostiene con la madre –identificada con la naturaleza–, sugiere la existencia de un orden transcendental y legítimo. Este orden "natural", a partir del cual establece su validez el poema en cuanto texto literario, habrá de legalizarlo también en cuanto crónica de su pueblo. La historia que leemos posee un valor emblemático por estar inscrita dentro del orden de lo natural.

Como se ha visto ya, en *Madre, nosotros también somos historia* existen dos espacios opuestos, el de la memoria del sujeto lírico –un mundo natural y prístino– y el de la vida cotidiana –degradado y ruin–. Una de las funciones que el texto cumple en cuanto escritura testimonial, es la de expresar la existencia de ese mundo natural encarnado por la madre, al cual también pertenece el poeta niño, para confrontarlo con la realidad que el poeta adulto y los lectores del poema habitan, y que representa la materialización del discurso oficial con respecto a la realidad histórica del país.

25. González Echeverría. *op. cit.* p. 41.

La segunda parte del poema consta únicamente de tres estrofas. En ellas, el poeta, consciente de los bienes morales que ha recibido de la madre, busca hacer la paz consigo mismo y con los hechos que fueron causa de la pobreza que la condenó a ella y a los suyos al hambre y a la miseria, expresando lo siguiente:

> No me puedo quejar de tu cariño del cual soy bien servido,
> ni andarme por las ramas cuando hay que echar el hombro
> ni presentar excusas a quienes recolectan sentimientos
> dulces.
> Mientras sea tu nombre el engranaje central de mi
> existencia
> y tu mano esté en las mías como una banderita...

concluyendo:

> No puedo, en definitiva, vivir sólo de broncas
> a menos que el motivo por el que te quedaste sin pan
> ni escuela
> exija, como decía Ernesto, mi odio intransigente.

La referencia al comandante Guevara[26] subraya el aspecto político del poema. Este, en cuanto crónica, busca no sólo inscribir en el discurso oficial de la memoria –es decir, la Historia– de los pueblos maya-guatemaltecos, marginados y silenciados, sino que también pide justicia –política, económica, social–, la que hasta ahora les ha sido negadas por los diversos grupos de poder. Y, sin embargo, el poeta quiere la paz. No le interesa pelear por el gusto de pelear, ni busca la venganza, aunque esto no le impida ver como su deber declarar la verdad de los hechos: la madre, como toda su comunidad, se ha quedado sin pan ni

26. Francisco Morales Santos, conversación personal del 6 de Julio, 1991. El escritor no recordaba la fuente exacta de la cita.

escuela, es decir, sin los servicios esenciales que toda sociedad moderna está obligada a ofrecer a sus miembros. Las referencias a Tamayo, López Velarde y el Che Guevara nos obligan a una lectura doble del texto. Por un lado ofrecen el prestigio de la tradición reivindicadora de las luchas de los "condenados de la tierra", según las palabras de Frantz Fanon. De este modo el poema puede afirmar su validez no sólo como objeto estético, sino como documento social y político, ya que como las referencias mencionadas ponen en claro, estamos frente a un texto que, gracias su condición de poema, puede hacernos experimentar en toda su intensidad vivencias silenciadas por la historia oficial, documentarlas y comentarlas como hechos sociales. Así, si las crónicas y cartas de los soldados españoles –que originalmente fueron documentos que buscaron imponer el discurso de los vencedores para anular la historia de los vencidos–, con el tiempo han llegado a ser apropiadas por la crítica literaria, convirtiéndose en objeto de estudio no sólo histórico o social sino estético, *Madre, nosotros también somos historia* busca moverse en dirección opuesta: se trata de un texto literario que habrá de funcionar, gracias a un complejo sistema de referencias intra y extratextuales como documento histórico, ofreciéndonos el testimonio de las experiencias cotidianas de una familia kaqchikel que, gracias al poema, deviene en representativa de su pueblo y, por lo tanto, de la nación guatemalteca.

Habiendo aclarado, con la referencia a Guevara, la visión política del poema, la atención del poeta se vuelca, en la última estrofa de la segunda sección, al poema que está escribiendo:

> La suerte del poema no deja de inquietarme.
> Nació en el peor momento.
> Pero ¿es que hemos tenido una época apropiada
> para decirte: madre, ven, siéntate y disfruta
> pues en tu honor he puesto a rodar la poesía.

Y, habiendo aceptado que no existe un momento específicamente apropiado para escribir el poema y honrar a su madre, busca definir el momento en que el poema se hace público:

> Nació en el peor momento
> desprendiéndose de esa misma circunstancia popular
> desestimada, relegada a un segundo plano;
> nació extramuros de la lírica pura
> y sin embargo...

De nuevo encontramos que se enfatiza la doble función que el poema busca cumplir. Además, se vuelve a afirmar la relación de solidaridad que el poema busca mantener en relación con las experiencias y circunstancias del pueblo. Además, ampliando su visión, el sujeto lírico reconoce que el poema "nació cuando el reemplazo de lluvias orquestales / por lluvias radioactivas. /... [y] donde la muerte deja ayes esparcidos", es decir, cuando la destrucción del planeta a nivel global es una realidad y la esperanza de un futuro humanamente viable parece imposible. En la tercera parte del poema, que consta de seis estrofas, el sujeto lírico continua la descripción de la madre y de su aprendizaje al lado de ella. En la primera estrofa la identificación entre la madre y la naturaleza es enriquecida:

> Si una espiga hay, en el campo,
> una espiga que de alta da alivio al horizonte
> y es una espiga roja
> que a nadie quepa duda que tú eres...

Esta descripción es a su vez ampliada y matizada al describirse los beneficios que el poeta como niño experimentó al lado de la madre. Las imágenes, con su juego de oposición entre luz y sombra, continúan expresando un mundo totalmente alejado de la experiencia urbana del poeta ya maduro:

> Cuán grato es encontrar en tu matiz de terracota
> la luz inacabable que extendiste como un manto
> sobre mi práctica de niño.
> No es posible olvidar que en el prolongado invierno y
> penumbra
> arrojabas al fuego nuestro espanto
> pues tus palabras tenían claror de pirotecnia,
> lo alumbraban todo,
> lo arrullaban todo.

En los versos que siguen, la niñez de la madre es confrontada por el poeta, una niñez, como la de la mayoría de mujeres –y hombres– "indígenas", dedicada a la lucha por la subsistencia, no sólo personal sino de la familia. En palabras del poema:

> Breve, ineficaz infancia
> amputada a los once años
> –edad de las sorpresas de lo físico y del mundo–
> amputada por padrinos tremendamente crueles
> a quienes terminaste llamando patronos.

La institución del padrinazgo como pretendida forma de protección por parte de los ladinos hacia los niños "indígenas", ha sido analizada entre otros por Melvin Tumin. Este, en un estudio titulado "Reciprocidad y estabilidad de castas en Guatemala"[27], comenta la "protección del padrino ladino al ahijado indígena, que llega al grado de cuidar superficialmente del niño", pero que –aclara unas líneas después– "en realidad se tra-

27. Melvin Tumin, "Reciprocidad y estabilidad de castas en Guatemala", en *Cultura indígena de Guatemala: Ensayos de antropología social.* Guatemala: Seminario de Integración Social Guatemalteca, 1959. pp. 135-160.

ta de una costumbre cuyos beneficios prácticos... [el niño] no puede determinar"[28], ya que esta forma de protección implica necesariamente, por parte del ahijado, una deuda para con los padrinos. De allí que a menudo, los ahijados terminen sirviéndolos sin compensación alguna o por una compensación nimia. Obviamente este ha sido el caso de la madre en este poema. Ante la normalidad del abuso, el poeta sólo puede expresar su incredulidad y hacer público el atropello:

> Me costaba entender este atropello, no así soltar el llanto
> en el pozo profundo de tu memoria.
>
> Cómo quise beber esos vinagres, cargar con esos días,
> creer que me enseñabas a contar ficciones.
> Nada fue de película.

El lector es así obligado a confrontar una de esas prácticas que en nuestros países ocurren a diario, pero que quienes poseen el poder insisten en ignorar o excusan como males menores y, tal vez, necesarios, dada la situación económica y social del continente.

En los siguientes cinco versos resume la vida de la madre y de los que como ella están

> entre los elegidos para abrir con furia
> los senos de la tierra, los senos duros y viejos de la tierra,
> pedirle horas extra a la luz del día
> y tomar únicamente media ración de sueño.
> Fue así como nos diste pan remojado en pena.

Encontramos en estos versos la única descripción negativa que el poeta hace del mundo natural. La tierra es percibida como

---

28. *Ibid.* p. 144.

una mujer vieja y agotada, incapaz ya de dar nada, a pesar de la labor incesante de quienes la trabajan. La contradicción esencial que el poeta ha buscado zanjar –la recreación de una niñez edénica en un mundo donde la explotación y la miseria son la regla– es, a esta altura, insostenible. Si el poeta ha logrado hasta aquí elaborar, a partir de la identificación de la madre con la naturaleza, el mito de una Arcadia Original, y ha situado en esa región la época de su niñez, tiene que reconocer ahora que la metáfora de la tierra como un espacio feraz y pleno, dadas las experiencias de la madre y de su gente, esconde la dura realidad que ellos han tenido que vivir. Como él mismo ha escrito unos versos más arriba, a pesar de todos sus esfuerzos y de su labor constante, la madre y su familia sólo han logrado subsistir a un nivel de miseria. Sin embargo, como también se hace claro en el poema, la madre ha buscado y logrado en mucho proteger a su familia de tales penurias. Como lo expresa el poeta unos versos más abajo: "Para disimularlo, madre, tenías una gracia que es de antología". Por cierto, el uso de este último término, cuya referencia es estrictamente literaria, subraya una vez más la identificación entre el espacio que la madre habita y el poema que estamos leyendo, ambos, lugares de inscripción de una historia silenciada.

En la última parte del poema, que consta de cuatro estrofas, el sujeto lírico se despide de la madre y termina de fijar su imagen, declarando la plática que por medio de la memoria ha sostenido con ella, un canto a su vida de trabajo y sacrificio. La despedida, sin embargo, es una separación temporal únicamente, ya que la profunda relación que lo une a ella permanece intacta:

> Desde el fondo del tiempo me regalas adioses temporales
> que datan de mis idas nerviosas a la escuela;
> me sigues mentalmente como una estrella,
> y festejas mi regreso con la flor de tu sonrisa.

La piel anciana de la madre, descrita en estas estrofas como un mapa, permite al poeta orientarse en ese mundo en el que ha de vivir ya sin la protección directa que en la niñez ella le ha ofrecido y, así, dice: "Tu bella piel anciana ha venido a ser un mapa que expone los caminos de la perseverancia". De nuevo, esta mujer humilde, ignorante de las letras, que ha vivido toda su vida luchando contra la miseria y la explotación de la que ella y su gente, históricamente, han sido víctimas, muestra ser la encarnación de las más altas virtudes cívicas y, en una estrofa posterior el poeta declara: "Siempre has sido igualita a ti misma, tu riqueza provino de la tierra al igual que tu hermosura". Haciendo explícita le relación que él percibe entre la madre y la tierra. Los atributos de la madre se originan, pues, en los de la naturaleza, y los reflejan.

Si en "La suave patria" López Velarde pude sugerir a su país que la clave de su dicha estaba en ser "siempre igual, fiel a tu espejo diario"[29], aquí la madre, identificada con la hermosura de la tierra, es ya igual a ella misma. Eterna e invariable, es finalmente esa patria real a cuyo lado y bajo cuya protección el poeta ha crecido y madurado hasta convertirse en un ciudadano capaz de enfrentar, gracias al ejemplo que ella le ha ofrecido, sus responsabilidades como miembro de su comunidad y de su nación.

Como en todo texto que en el mundo moderno busca fijar el mito de un origen –para ahora debería estar ya claro que *Madre, nosotros también somos historia* pertenece a esa corriente testimonial en la que, según González Echeverría, "el volver a los orígenes sugiere... una especie de equilibrio antes del nacimiento y la violencia"[30]–, este poema testimonial se lamenta de no poder ofrecer la experiencia o las palabras originales, en este caso las palabras de la madre, y de ser únicamente un eco de las

29. Monsiváis, *op. cit.* p. 283.

30. González Echeverría, *op. cit.* p. 177.

mismas: "Lástima grande que no pueda grabar en el poema tus palabras / pero tengo el placer ilimitado de guardar su eco / de apoyar mi corazón sobre ellas", dice el poeta. Sin embargo, su función como tal está cumplida ahora y el poema puede llegar a su fin. La madre, en cuanto mapa que guía a sus hijos en su viaje hacia la madurez y la responsabilidad social, pertenece en los cielos, con las estrellas, a ese vasto espacio que –interpretado como un texto– ha permitido a los seres humanos viajar por mundos ignotos e inventar la aventura que ha constituido su historia. La estrofa final del poema lo dice con las siguientes palabras:

> He cantado entre plática y plática
> mientras unas estrellas aparecen y otras ceden el sitio
> a tu memoria. Colocando los pies sobre la tierra
> he tomado tus grandes sentimientos para arrostrar el
> tiempo.
> Quiérase o no tus actos han sido la argamasa con la
> que se edifica
> este país carajo; país hecho de actos sencillos y
> humanos simples
> que al cabo es lo que cuenta
> porque nosotros, madre, también somos historia.

Si la madre se confunde ahora con ese mapa constituido por las estrellas, el poeta, sin embargo, permanece con los pies firmemente colocados sobre la tierra, arrostrando los problemas del diario vivir en esa sociedad corrupta e injusta que es el "país carajo" que todos habitamos. Como parte de su responsabilidad ciudadana, ha rescatado del silencio y de la negación la historia de su gente y ha mostrado cómo los actos de la madre –"sencillos y humanos"– son, en verdad, los que permiten la construcción de nuestro país, que la Historia no es esa serie de hechos individuales, "heroicos" y "extraordinarios" que cuentan los libros oficiales, sino las experiencias vividas día a día por el pueblo, calladamente y a partir de una visión ética basada en la vida comunitaria. Una vida que no puede permitir ni la injusticia ni el odio y que, por lo tanto, habrá de mantener una lucha implacable contra tales actitudes.

Testimonio de experiencias generalmente ignoradas por los lectores –y los mestizos de nuestro continente en general–, ignoradas por falta de información –pero también por el racismo y por el deseo de no confrontar las injusticias que se cometen día a día en contra de las múltiples comunidades con las que compartimos este territorio al que llamamos América–, *Madre, nosotros también somos historia* es, además, un canto a la madre del poeta, dadora de vida y símbolo de una cultura que se identifica con el orden de lo "natural". Este orden, dentro de la visión propuesta por el poema, es un orden legítimo y equitativo que existe ahora únicamente en la memoria de un tiempo original –el de la niñez del poeta–, al cual se opone el de la vida urbana del poeta ya maduro. Como toda forma testimonial, este poema busca inscribirse no sólo dentro del discurso literario americano, sino dentro de nuestro discurso histórico. Por medio de este texto, el poeta busca vincular los espacios contradictorios que habita –que todos habitamos–, encontrando en la figura de la madre, no sólo el símbolo de esa conciliación, sino la fuerza que le permite, y al mismo tiempo le exige, narrar, con su canto, la crónica de su pueblo.

Bibliografía

Arizpe, Lourdes (1986). "El indio: mito, profecía, prisión", en *América latina en sus ideas*. Leopoldo Zea (coord). México: Siglo XXI.

Arranz, María (1984). *Nuevo Signo: historia de un grupo literario de Guatemala.* Guatemala: Tipografía Nacional.

González Echeverría, Roberto (1985). *The Voice of the Masters: Writing and Authority in Modern Latin American Literature.* Austin: University of Texas Press.

Goubaud Carrera, Antonio (1964). "Indigenismo guatemalteco", en *Indigenismo en Guatemala.* Guatemala: Ministerio de Educación Pública.

Guzmán Böckler, Carlos (1986). *Donde enmudecen las conciencias: crepúsculo y aurora en Guatemala.* México: SEP-CIESAS.

Herbert, Jean-Loup (1986). "Ensayo de explicación teórica sobre la realidad guatemalteca", en *Guatemala, una interpretación histórico-social.* México: Siglo XXI.

Monsiváis, Carlos (ed., 1966), *La poesía mexicana del siglo XX. Antología.* México: Empresas Editoriales.

Morales Santos, Francisco (1988). *Madre, nosotros también somos historia.* Guatemala: Serviprensa Centroamericana.

Tumin, Melvin (1959). "Reciprocidad y estabilidad de castas en Guatemala", en *Cultura indígena de Guatemala: Ensayos de antropología social.* Guatemala: Seminario de Integración Social Guatemalteca. pp. 135-160.

Zimmerman, Marc y John Beverly (1990). *Literature and Politics in the Central American Revolutions.* Austin: University of Texas Press.

Este ensayo apareció originalmente en Julio Noriega, Eleodoro Febres, Jo Anne Engelbert (eds.), Encuentros con el Otro: Textos e Intertextos. *New Jersey: Montclair State University, 1997.*

Ana María Rodas,
o la escritura del matriarcado

"The would-be-male feminist critic ought to ask himself whether he as a male is really doing feminism a service".
Feminist, Female, Feminine, Toril Moi

"If we are to understand the process of gender formation within a culture... this requires the reading of men's and women's writing side by side..."
Representing Women: Representing the Past, Gillian Beer

Para Luz Méndez de la Vega, poeta y crítica guatemalteca, la poesía femenina en nuestro país, a finales del siglo XIX, puede caracterizarse como "una poesía recatada, tradicional y llena de dulzuras... creada por mujeres exclusivamente de la clase burguesa"[1]. Este tipo de poesía femenina refleja, necesariamente, la situación en que se mantiene a las mujeres en sociedades como la guatemalteca, sociedades que no sólo se hallan organizadas jerárquicamente en clases sociales, sino que, dentro de esas clases, las mujeres se encuentran subyugadas, habiéndoseles asignado un papel secundario y de dependencia en relación con los hombres. No hay que olvidar, además, que en estas mismas sociedades, a partir de creencias y prácticas religiosas conservadoras, especialmente las representadas por diversas versiones del cristianismo, se le niega al cuerpo –especialmente en el caso de las mujeres– su aspecto carnal, es decir, su libertad de afirmarse y declararse como sujeto de su propio deseo y de su propio placer.

Estas sociedades, para las que "la pasión y el deseo sexual amenazan lo normal, lo vivible, la cotidianeidad, con toda for-

1. Luz Méndez de la Vega, *Poetisas desmitificadoreas guatemaltecas.* Guatemala: Tipografía Nacional, 1984. p. 7.

ma de distracciones"[2] constriñen a las mujeres –percibidas como encarnación de las fuerzas desestabilizadoras de lo social– en todas sus formas de expresión, obligándolas a actuar estrictamente "dentro de las convenciones e instituciones del noviazgo, matrimonio y familias heterosexuales"[3]. Es decir que, negándoles cualquier forma de expresión que no pertenezca a las decretadas por las instituciones del poder –la literatura habrá de ser incluida entre ellas–, las convierte en criaturas definidas estrictamente por una visión patriarcal y puesta al servicio de un orden masculinista. La convierte, pues, en otras palabras, en un objeto al servicio de los hombres.

Dado el contexto social en el que, en esta época, se da la poesía femenina guatemalteca, es necesario subrayar la importancia que el registro lingüístico empleado por las poetas adquiere, desde un punto de vista ideológico. Esto queda subrayado si se le asocia con lo que expresa Houston Baker cuando escribe sobre las formas literarias de los afroamericanos en Estados Unidos –otro grupo subyugado y colocado en una situación marginal en relación con la mayoría blanca del país–: "Un lenguaje "embellecedor" es [únicamente] una configuración convencional que preserva la división de clases y mantiene el *status quo*, superficialmente, de la vida [social]"[4]. Identificar, por lo tanto, la escritura femenina con formas que pueden ser definidas superficialmente como "bellas" es, en múltiples sentidos, obligar a las escritoras a definirse dentro del espacio asignado a lo femenino, el cual, según Carlos Monsiváis, en Hispanoamérica, se ha de caracterizar de la siguiente manera: "Lo femenino

2. Annette Kuhn, *The Power of the Image. Essays on Representation and Sexuality.* New York: Routledge & Kegan Paul, 1985. p. 23. La traducción de esta cita y la de todas las que siguen, es mía.
3. Kuhn, *op. cit.* p. 23.
4. Houston A. Baker Jr. *Blues. Ideology and Afro-American Literature. A vernacular Theory.* Chicago: The University of Chicago Press, 1984. p. 148.

dispondrá... de la ternura, el recato, la paciencia, la dulzura, la intuición, la abnegación, la resistencia al dolor, la pasividad entregada, la inercia, la falta de iniciativa, la frivolidad, la incapacidad de avenirse con la Historia (con mayúscula), la decisión de entrever la realidad a través del chisme"[5]. Es por esto que en países como Guatemala, la poesía femenina, para convertirse en poesía feminista[6], es decir, para transformarse de una literatura escrita por mujeres en una literatura que expresa, a partir de una visión femenina declarada como posición política, una actitud crítica frente a los valores patriarcales de nuestras sociedades, ha tenido que apropiarse de lenguajes y temáticas vedadas hasta ahora a las mujeres. Entre esos lenguajes y temáticas se ha de considerar lo sexual.

La elaboración de lo sexual como forma de expresión personal y literaria, ha obligado a las escritoras a incorporar a su lenguaje formas verbales asociadas hasta hace poco con las formas de expresión masculinas. Estas formas han permitido a las mujeres rechazar su caracterización como objeto sexual, estableciéndolas como sujetos de su propio deseo y, consecuentemente, de su propio discurso. Así, a partir de los años setenta del siglo pasado, empezamos a encontrar en la poesía femenina guatemalteca una fuerte corriente erótica expresada por medio de un lenguaje directo y combativo, a través del cual se busca elaborar un tipo de conocimiento que, en base a un punto de vista feminista, "aumenta nuestra comprensión de las vidas de las mujeres y de las estructuras de poder que atropellan esas vidas a diferentes niveles y en diferente formas, estructuras que construyen a

---

5. Carlos Monsiváis, "El sexismo en la literatura mexicana," en *Imagen y realidad de la mujer*. Elena Urrutia (ed.), México: SEP-Setenta, 1979. p. 103.
6. Véase la definición de ambos términos en Toril Moi, "Feminist, Female, Femenine", en *The feminist Reader: Essays in Gender and the politics of literary Criticism*. Catherine Belsey y Jane Moor (eds.). New York: Basil Blackwell, 1989. pp. 117-132.

la mujer como lo "otro" en una sociedad patriarcal"[7]. Una de las poetas que ha asumido esta temática con mayor insistencia en el ámbito guatemalteco es Ana María Rodas, aunque hay que reconocer que ya existía en el país una tradición de escritoras que, con un lenguaje bastante más moderado, había asumido una situación crítica ante la situación en que las mujeres se hallaban en la sociedad guatemalteca. Lo que vino a diferenciar a Rodas de sus predecesoras y de sus compañeras de generación fue su lenguaje. Como lo expresa Dante Liano:

> Ana María Rodas rompe con todos los esquemas, en un intento verbal de revolución total. Compara su cólera con la de los oprimidos y elabora, en su poesía, un instrumento para su propia liberación como mujer. Su escritura es violenta, escatológica, nueva. No se arredra ante ningún argumento y se le puede atribuir, por un lado, la destrucción, en el ámbito del mundo literario, de casi todos los tabús sensuales, y por otro, un evidente talento que va más allá de los contenidos manejados[8].

Es decir, que lo que diferencia la poesía de Rodas de la de otras poetas guatemaltecas que se definen como feministas, es su tipo de lenguaje, con su tendencia a lo prosaico y a lo narrativo, puesto todo al servicio de una confrontación sexual no disimulada.

Es necesario aclarar que la tendencia al prosaísmo narrativo en la poesía centroamericana no era ya, para la década de los 70, nueva. Roberto Fernández Retamar, en un artículo de 1976, percibe en la poesía hispanoamericana a partir de 1950 un realismo nuevo en la región y señala la existencia de dos líneas claramente definidas: una "antipoética", que él asociada con Nicanor Parra, y otra conversacional, que identifica con Ernesto

7. Kuhn, *op. cit.* p. 2.
8. Dante Liano, *Poeti del Guatemala.* Roma: Bulzoni Editore, 1988. p. 18.

Cardenal[9]. Esta nueva forma de escribir poesía, que incorpora el uso del "lenguaje de la plática diaria o prosaica, cuestiona implícitamente la oposición entre lenguaje poético y lenguaje común"[10], permitiendo al sujeto poético expresar un respuesta directa a sus experiencias diarias y personales. Según Norma Klahn, desde el punto de vista de la retórica, el "efecto se logra mediante estrategias textuales [específicas]: la infrecuencia o supresión de la metáfora, de las imágenes abstractas, y de los adjetivos superfluos... Se establece [así] otra retórica que se vincula con la prosa"[11]. En el caso de Rodas, a estas estrategias habría que agregar el hecho de que, como se ha mencionado ya, la poeta se ha posesionado de registros verbales considerados en Guatemala como exclusivamente masculinos: el sarcasmo, la violencia verbal y el uso directo de referentes sexuales; esto, y aquí tal vez encontremos el aspecto más importante de su poesía desde un punto de vista ideológico, en un discurso en el que la queja, como expresión de impotencia, ha sido rechazada. Se niega de esta manera en la poesía de la escritora guatemalteca la imagen de la mujer sometida y dependiente, reprimida y carente del poder de definirse como sujeto de su propia historia. Encontramos pues en los libros de Rodas, una elaboración de lo que, en la segunda mitad del siglo XX, representa ser una mujer guatemalteca de clase media, cuando ésta ha rechazado las imposiciones machistas que caracterizan las relaciones mujer/hombre en esta sociedad.

No quiero sugerir con esto que las experiencias elaboradas en los textos de Rodas sean comunes a las mujeres del grupo

---

9. Véase Roberto Fernández Retamar, "Antipoesía y poesía conversacional en América latina", *El guacamayo y la serpiente,* Casa de la Cultura Ecuatoriana, mayo 1976, pp. 3-6.
10. Norma Klahn, "Jaime Sabines y la retórica de la poesía conversacional", en *Lugar de encuentro: ensayos críticos sobre poesía mexicana actual.* Norma Klahn y Jesse Fernández (eds.). México: Editorial Katún, 1987. p. 101.
11. Klahn, *op.cit.* p. 101.

histórico social al que ella pertenece, sino insistir en el carácter modélico que el sujeto lírico ofrece en estos poemas a ese grupo.

La ambigüedad con la que esta poesía ha sido recibida por los críticos guatemaltecos –cuando no ha sido abiertamente rechazada– es ilustrada por las palabras de Francisco José Solares-Larrave en la introducción al libro *El fin de los mitos y los sueños*[12]. En este texto, uno de los más extensos que se han escrito en Guatemala sobre la poeta, su autor escribe: "La obra poética de Ana María Rodas puede parecer cualquier cosa menos poesía... Rodas discurre entre procacidades e insultos"[13], aunque considera que existe en estos textos una "belleza que se origina en la expresión auténtica de un ser viviente"[14].

El mismo comentarista, al buscar precedentes para este tipo de poesía, se ve obligado a nombrar tres poetas varones, con lo que se subraya la escasez de modelos femeninos para la poesía de la escritora dentro de la tradición guatemalteca. En palabras de Solares-Larrave, en los poemas de Rodas se encuentran elementos semejantes a los que se encuentran en textos de "Enrique Noriega... y Luis Eduardo Rivera... e inclusive Carlos Illescas..., de quienes podría aducirse, por momentos, una posible influencia"[15].

El crítico trata de suavizar el aspecto retador y feminista de estos poemas al afirmar que Rodas "reclama un justo lugar para la mujer, pero no en el tono petardista de las liberadas, sino como un ser humano que sufre las imposiciones que se sufre al ser mujer"[16]. Sugiere así que Rodas, aunque reclama lo que es

12. Francisco José Solares-Larrave, "Sobre la poesía de Ana María Rodas", en *El fin de los mitos y los sueños*, por Ana María Rodas. Guatemala: Editorial RIN 78, 1984. pp. VII-XXXII.
13. Solares-Larrave, *op.cit.* p. XIV
14. Solares-Larrave, *op.cit.* p. XIV
15. Solares-Larrave, *op.cit.* p. XV
16. Solares-Larrave, *op.cit.* p. XV

justo, lo hace desde su lugar de mujer que ha aceptado el papel que socialmente se le ha asignado, es decir, desde una posición de subyugación. Sin embargo, al leer los poemas de esta poeta, nos encontramos ante textos de gran rebeldía, que afirman violentamente su terrible libertad, y en los que la voz poética es la de una mujer que rechaza, claramente, el yugo paterno, y por extensión, el yugo masculino. Así lo declara el sujeto lírico en la "Carta a los padres que están muriendo". Es necesario aclarar que aquí que el sustantivo padres no se refiere a la pareja padre-madre, sino a los hombres en general. Así, en el texto se dice: "Papis queridos: a ustedes quiero aclararles qué es todo esto. Las mujeres me entienden. Lo que yo hago no es bueno ni malo. Es mío"[17]. Un poco más adelante, en el mismo texto, declara: "Yo no los necesito. Si anduve pegada a los faldones de sus sacos fue porque mi infancia –siendo mujer– se prolongaba artificialmente a través de todas esas cosas que ustedes inventaron para asegurarse que, cuando menos, la mitad de los seres humanos quedaría fuera de la competencia"[18].

En *Poemas de la izquierda erótica* el sujeto lírico se había definido ya por medio de un texto declaradamente autobiográfico. La importancia de este poema reside no sólo en ser el primer poema del primer libro publicado por Rodas, sino en ser la definición de una voz femenina que, como se dijo antes, desafía las imposiciones masculinas de lo que significa ser mujer. Cito el poema en su totalidad:

> Domingo, 12 de septiembre, 1937
> a las dos de la mañana; nací.
> De ahí mis hábitos nocturnos
> y el amor a los fines de semana.

---

17. Ana María Rodas, *Cuatro esquinas del juego de una muñeca.* Guatemala: Litografías Modernas, 1975. p. 9.
18. Rodas, *Cuatro esquinas.* p.10.

Me clasificaron: ¿nena? rosadito.
Boté el rosa hace mucho tiempo
y escogí el color que más me gusta,
que son todos.
Me acompañan tres hijas y dos perros:
lo que queda de dos matrimonios.
Estudié porque no había remedio;
afortunadamente lo he olvidado casi todo.

Tengo hígado, estómago, dos ovarios,
una matriz, corazón y cerebro, más accesorios.
Todo funciona en orden, por lo tanto,
río, grito, insulto, lloro y hago el amor.

Y después lo cuento[19].

Claramente este sujeto busca establecer sus propias reglas para poder existir en el mundo y, como lo aclara, no está sujeta al silencio. Ella lo ha de contar todo, desde su punto de vista y a partir de sus experiencias.

También el lenguaje, en cuanto instrumento al uso del sistema patriarcal, es confrontado por el sujeto lírico, quien, en otro poema, revela la manipulación que la gramática llega a ejercer sobre la realidad para negar a la mujer como sujeto, transformándola en mero objeto para el uso de los hombres:

La gramática miente
(como todo invento masculino).
Femenino no es género, es un adjetivo
que significa inferior, inconsciente, utilizable,
accesible, fácil de manejar, desechable. Y sobre todo

19. Ana María Rodas, *Poemas de la izquierda erótica.* Guatemala: Testimonio del Absurdo Diario Ediciones, 1973. p. 9

violable. Eso primero, antes que cualquier
otra significación preconcebida[20].

Ante esta deformación que las palabras permiten y fomentan, para el sujeto lírico sólo es posible definirse a partir de un nuevo orden, el del matriarcado, apropiándose para esto de imágenes y formas verbales asociadas con el sistema patriarcal y subvirtiéndolas. Así, en el poema "Absoluta" nos dice:

Subió a los infiernos y está sentada
a la diestra de sí misma
tiene en la mano empuñada
una pluma
y no sonríe ni espera la resurrección de un muerto[21].

Tenemos aquí una parodia del Credo católico, oración en la que el creyente afirma su fe en el orden patriarcal cristiano del que la mujer como ser carnal ha sido anulada al describírsela como virgen y madre, es decir, al declarársele como una escandalosa contradicción para la lógica occidental.

Es por esto que la madre, esa figura tan manipulada por la ideología machista hispanoamericana, tiene que ser redefinida en estos textos a partir de una visión matriarcal del mundo:

Qué inocente yo
cuando te daba leche y creía seriamente
que iba a conformarnos eso.
A veces lo recuerdo
cuando en las sombras
subes desde mi vientre
desde la zona abierta que une mis piernas

20. Rodas, *Cuatro esquinas*. p.45.
21. Rodas, *El fin de...* p. 100.

y te aferras a un pecho
mientras tu mano de hijo ejemplar contiene al otro
y le dice
rozando dulcemente el pezón con los dedos
que disculpe
que espere
que es una lástima
que sólo tengas una boca[22].

Se confronta así al varón con una imagen de la Gran Madre, dadora de vida y de muerte, dadora de placer, a la que secretamente los hijos del patriarcado anhelamos volver cada vez que amamos el cuerpo de una mujer.

Este deseo del hijo por la madre, descrito y clasificado por Freud bajo el nombre de complejo de Edipo, se halla también reconstruido por Rodas desde una perspectiva feminista:

Me conocen mis hijos
les gusto
buscan mis pechos
–dice un poema, para continuar más adelante–
A medida que crecen
toman mujer y ponen casa.
Siempre regresan a decir qué tal, buenos días
¿Te gusta esta muchacha?
La compré para ti,
para que te gustara y tome tu lugar
en las noches.

(En las noches, cuando los gemidos
de mis hijos

---

22. Rodas, *El fin*... p. *100*.

lamen la puerta de mi cuarto)[23].

Tenemos pues, así, la estructuración de una visión matriarcal de la realidad, una visión que, rechazando todo postulado masculino, afirma la realidad de la experiencia femenina como algo opuesto a lo que ideología del patriarcado define como "lo femenino".

La apropiación de formas del lenguaje asociadas por lo general, especialmente en Guatemala, con el lenguaje de los "hombres" para expresar una visión "feminista" de la realidad y proponer así una experiencia matriarcal del mundo, no ha de verse, por supuesto, como la única solución que una escritora, y por extensión otras mujeres, posee para confrontar la situación de sometimiento en la que se encuentra. Se trata más bien, en mi opinión, de una estrategia político/textual válida para ciertos grupos sociales en determinados momentos históricos. A Rodas, escritora de y para la clase media guatemalteca, esta estrategia le permite inscribir el discurso femenino, silenciado o ignorado gracias a su designación de "femenino", en el intertexto social guatemalteco de la segunda mitad del siglo XX, anulando los límites erigidos por el pensamiento patriarcal entre las formas de expresión designadas como "masculinas" y "femeninas". De este modo, el concepto de "masculino", como categoría exclusiva y opuesta a lo "femenino" es revelado por lo que realmente es, una serie de formas verbales, es decir, de estrategias lingüísticas, socialmente sancionadas y practicadas como "masculinas". En otras palabras, de un tipo de máscara social que permite al individuo ser clasificado como miembro de uno de los dos géneros sexuales que, según el sistema ideológico guatemalteco, conforman toda sociedad. Esta máscara presupone, además, en el caso de los hombres, una posición tácita de poder.

---

23. Rodas, *El fin...* p. *26*.

Rodas impide, de este modo, que sus poemas sean reapropiados totalmente por el orden patriarcal. Su asignación al espacio de lo femenino o su incorporación al espacio del discurso masculino resulta siempre una contradicción, ya que se trata de un texto que, aunque escrito por una "mujer", posee las características del lenguaje "masculino". Sus textos permanecen así como una anomalía, una disrupción al orden patriarcal, una negación de las formas femeninas, tal y como éstas son definidas por la ideología masculina imperante, y una afirmación de un orden basado en las experiencias de una mujer de la clase media guatemalteca.

Volviendo a las propuestas iniciales, podemos ver en qué sentido la poesía de Ana María Rodas ha logrado crear un espacio textual en el que no sólo se rechazan las ideologías patriarcales imperantes, sino que ofrece un nuevo modelo para la elaboración de la realidad guatemalteca. Este nuevo modelo, que se origina en un discurso estrictamente literario, tiene, sin embargo, implicaciones mucho más amplias, claramente políticas, a nivel de las relaciones hombres/mujeres.

Como una Penélope rebelde, la voz que elabora estos poemas, al destejer el mito del patriarcado, va tejiendo su propio mito matriarcal. El diseño que contemplamos en ese tejido verbal puede parecernos, en este momento de nuestra historia, confuso; sin embargo, estoy seguro que con el tiempo podremos contemplar claramente sus imágenes y descubrir en el nuevo diseño una visión del mundo que, tal vez, tenga más sentido que esta, en la cual vivimos y que, hasta ahora, hemos creído única e incuestionable.

Bibliografía

Baker Jr., Houston A. (1984). *Blues. Ideology and Afro-American Literature. A vernacular Theory.* Chicago: The University of Chicago Press.

Klahn, Norma (1987). "Jaime Sabines y la retórica de la poesía conversacional", en *Lugar de encuentro: ensayos críticos sobre poesía mexicana actual.* Norma Klahn y Jesse Fernández (eds.). México: Editorial Katún.

Kuhn, Annette (1985). *The Power of the Image. Essays on Representation and Sexuality.* New York: Routledge & Kegan Paul.

Liano, Dante (1988). *Poeti del Guatemala.* Roma: Bulzoni Editore.

Méndez de la Vega, Luz (1984). *Poetisas desmitificadoras guatemaltecas.* Guatemala: Tipografía Nacional.

Fernández Retamar, Roberto (1976). "Antipoesía y poesía conversacional en América latina", en *El guacamayo y la serpiente,* Casa de la Cultura Ecuatoriana, mayo, pp. 3-6.

Moi, Toril (1989). "Feminist, Female, Femenine", en *The feminist Reader: Essays in Gender and the politics of literary Criticism.* Catherine Belsey y Jane Moor (eds.). New York: Basil Blackwell. pp. 117-132.

Monsiváis, Carlos (1979). "El sexismo en la literatura mexicana", en *Imagen y realidad de la mujer.* Elena Urrutia (ed.). México: SEP-Setenta.

Ana María Rodas (1973). *Poemas de la izquierda erótica.* Guatemala: Testimonio del Absurdo Diario Ediciones.

__________ (1975). *Cuatro esquinas del juego de una muñeca.* Guatemala: Litografías Modernas.

__________ (1984). *El fin de los mitos y los sueños.* Guatemala: Editorial RIN 78.

Solares-Larrave, Francisco José (1984). "Sobre la poesía de Ana María Rodas", en *El fin de los mitos y los sueños,* por Ana María Rodas. Guatemala: Editorial RIN 78. pp. VII-XXXII.

Este artículo apareció originalmente en Perraje 2 *[Guatemala] jun. 1990 - jun. 1991, pp. 71-77. Apareció también, en una versión ampliada en* Centroamericana 3 *[Italia] 1992. pp. 43-52, y en* Desde la zona abierta. Artículos críticos sobre la obra de Ana María Rodas. *Aida Toledo (ed.). Guatemala: Editorial Palo de Hormigo, 2004. pp. 13-23.*

Una lectura de *Raktas*[1], de Javier Payeras

espacios en donde el yo
es un espejo destrozado
f. n.

Publicado originalmente en el año 2001, cuando el impacto tardío de la posmodernidad occidental empieza a hacerse sentir en Guatemala, *Raktas* es en mi opinión uno de los más importantes poemas guatemaltecos de ese momento milenarista que fue el final del siglo XX y los principios del XXI. Aunque por su complejidad se preste a análisis y comentarios de muy diferentes índoles, aquí voy a tratar únicamente de mostrar su relación con otros textos, literarios y cinematográficos, los cuales pertenecen a esa tradición europea que, nacida del romanticismo alemán a finales del siglo XVIII, desemboca en el expresionismo, también alemán, y en el surrealismo francés. Esto, lejos de disminuir la calidad formal y poética de este trabajo, lo enriquece, al apropiarse su autor, y re-elaborar en un contexto guatemalteco, formas y experiencias que pertenecen a otras épocas y a tradiciones ajenas a las hispanas o latinoamericanas. En esto, Javier Payeras, su autor, no opera en forma desemejante a la adoptada por Rubén Darío al apropiarse de las imágenes y ritmos del simbolismo francés para enriquecer y modificar radicalmente, no sólo la poesía hispanoamericana, sino también la española peninsular. Sin embargo, en el caso

1. Javier Payeras (2001), *Rakas.* Guatemala: Editorial X. Primera edición. Todas las citas son tomadas de esta edición.
Existe una segunda edición, publicada por Catafixia Editorial en 2013. En esta edición aparece al final del libro una sección titulada "Palabras posteriores" que no aparece en la primera edición y que modifican el sentido de la versión del poema en la primera edición.

del poeta guatemalteco, a principios del siglo XXI, este gesto posee un significado distinto. Si para el poeta nicaragüense se trató de la afirmación y celebración de una belleza aristocrática de ascendencia francesa, para el guatemalteco se trata de una experiencia de lo grotesco y lo sombrío, características típicas de nuestra época, aunque consistentemente disimuladas por el dramático desarrollo tecnológico y el consumismo desbocado, propios del ocaso de ese capitalismo impuesto por las diversas configuraciones que el imperialismo estadounidense ha tomado a partir de la segunda mitad del siglo XX.

Poema visionario que surge de la experiencia atormentada de un poeta imaginario frente a su mundo, *Raktas* se halla dividido en tres secciones generales, aparte de una dedicatoria y una carta anónima con la que concluye el libro. En cuanto poema de orígenes, elabora su propio mito, ese del poeta escindido que percibe a su doble en una sombra que él denomina Raktas, criatura nacida del dolor, el deseo y la muerte. Sustentando a pesar de su construcción episódica una línea narrativa implícita, el poema evoca, en la lectura que a continuación desarrollaré del mismo, *El gabinete del doctor Caligari,* la primer película expresionista alemana[2]. En ella, el doctor Caligari y César, su sonámbulo, son parte de las atracciones de una feria de pueblo. Además de exhibirlo como curiosidad de feria, el doctor emplea a César como asesino para eliminar a sus enemigos. La muerte de César a mitad de la película, luego de negarse a asesinar a Jane, una muchacha cuya belleza le ha seducido, revela a los espectadores que Caligari es el director de un hospital siquiátrico que se halla obsesionado por la historia de un místico italiano de principios del siglo XVIII, llamado también Caligari, quien

2. *Das Cabinet des Dr. Caligari*. Dirigida por Robert Wiene y escrita por Hans Janowitz y Carl Mayer; con Werner Krauss, Conrad Veidt y Lil Dagover en los papeles principales. Filmada en los estudios Lixie-Atelier, fue estrenada en Berlín el 26 de febrero, 1920.

a su vez usó a un sonámbulo llamado Césare para asesinar a sus enemigos. Hacia el final de la película, otra vuelta de tuerca nos revela que César, Jane y su novio, son, en realidad, pacientes en un asilo siquiátrico cuyo director es un médico de nombre Caligari, quien, conociendo, gracias a los hechos relatados en la película que estamos viendo, las fantasías que atormentan a César, su paciente, promete curarlo. Con esta promesa termina la película.

Siguiendo el argumento de la película, el poema se inicia con una dedicatoria al señor Lurex. Por medio de una nota que aparece hacia el final del poema, escrita y enviada por un paciente desde el Hospital Psiquiátrico de San Sebastián a su médico, a quien se dirige como el señor Lurex, nos enteramos de que el autor de la primera y segunda parte del poema es este paciente anónimo.

Sin embargo, como lectores nos encontramos atrapados en un juego de espejos enfrentados, espejos constituidos por las voces del poeta, autor de la primera parte del poema, en la que invoca y da forma y voz a Raktas, y la de Raktas, autor de la segunda parte, en la que vaticina el destino del poeta.

De este modo, la primera parte del poema, que consta de seis breves poemas, cada uno con un título específico, es la invocación de Raktas, engendro de la muerte, asociado con la violencia y el deseo, y con la basura que ha resultado de nuestra civilización. Llena de hermosas imágenes apocalípticas –"Todo comienza en la sangre, en las llamas, en el cataclismo; por eso la sangre es lava que nos recorre..." y "¡Acógeme, noche contaminada! Dame de beber de tu imperfección...", esta sección pertenece a una tradición poco trabajada en Guatemala, y que es parte esencial de la literatura francesa de finales del siglo XIX. Las *Iluminaciones* de Rimbaud y *Los cantos de Maldoror*, de Lautremont, podrían ser incluidas en esta tradición.

La siguiente sección, que consta de ocho poemas cortos ordenados por medio de números romanos, canta la historia del poeta. Aquí encontramos el horror de su niñez y de su enfermedad: "Sólo pude escribir una canción, era solemne y confusa", nos dice, agregando más tarde: "Cráneo/electroshock/ pastillas/cráneo/pastillas/electroshock, se niegan a visitarme". Es a partir de este mundo, elaborado como una serie de fragmentos de un lirismo oscuro y violento que nos muestra el mundo interior del poeta, que Raktas eleva su canto. Su voz es, sin embargo, imposible de distinguir respecto a la del poeta cuya niñez es el motivo del canto de Raktas.

En la siguiente sección, titulada "Raktas clarividente relata", Raktas ve a un niño, que aún no ha llegado a convertirse en el poeta, asumir su destino: "Al caminar se hace vidente/ lleva el depósito de horas en cada ojera/ las notas suben y bajan/ nace el poeta en los callejones de Sodoma/ bajo el sol gris de los empleados/ el Ángel de la Muerte girando en un proyector de neblina". La repetición desordenada de algunos de los fragmentos que constituyen esta parte del poema, crea la sensación de que atravesamos un espacio en el que la escritura y el yo del poeta funcionan como espejos destrozados, los que al reflejarse sobre las páginas del texto niegan toda posibilidad de experimentar la visión del poeta y, por lo tanto, el poema que estamos leyendo como una unidad total y coherente.

La penúltima parte del poema, titulada "Nota al señor Lurex desde el Hospital Psiquiátrico de San Sebastián", intensifica esta sensación. Aquí, un paciente anónimo escribe a alguien a quien denomina señor Lurex una nota en la que le explica que está "componiendo unos poemas sinfónicos", agregando que "el director del hospital me autorizó poner música, no puedo desperdiciar la oportunidad de fortalecer mi espíritu". En esta nota se explica también el origen del nombre "Raktas": "Sobre Raktas no tengo mucho que decir: Raktas es una palabra que soñé, no significa nada", agregándose, "Respecto a este texto, le diré que creo que he perdido el interés en la escritura, hay muchos idiotas que lo hacen mejor que yo, haga con él lo que le plazca". Tenemos aquí el tipo de rechazo que Rimbaud tiene frente a sus poemas, antes de partir, a los 20 años, como mercader, hacia África. Se trata de la confrontación, y la derrota, del orden de la emoción y del conocimiento íntimo y subjetivo frente al orden racional del mundo moderno. Como consecuencia de esta derrota, el poeta es clasificado como "enfermo" y es aislado en los espacios de un hospital siquiátrico. En términos de la literatura guatemalteca, no estamos lejos del mundo de Rafael Arévalo Martínez y de los "decadentes" con quienes él compartió ese momento histórico que buscó enfrentar la modernidad en sus dos vertientes contradictorias: como libertad subjetiva, expresada en la poética del modernismo hispanoamericano, y como sujeción a la razón, característica del Estado y la industria capitalistas, con su énfasis en la fabricación de productos estrictamente utilitarios.

En la parte final del poema, titulada "Raktas clarividente relata", escrita en primera persona singular, se cuenta en forma visionaria la historia del poeta, desde su niñez: "Un niño trepado, viendo a través de la ventana el pasar de las nubes y de las horas", hasta el momento en que se convierte en el "poeta": "Puedo verlo diez años después. Llenando un cuaderno y aferrándose a la necesidad religiosa que lo obliga a escribir." Un refrán profético conecta los fragmentos que componen esta sección, el cual dice: "Tú serás poeta". Es con esta frase que concluye el libro.

El poema nos enfrenta, pues, a una prosa desvirtuada de su función comunicativa a nivel racional. El poema elaborado por el poeta –¿se trata de Raktas?, ¿o del señor Lurex?, ¿del poeta anónimo que es el protagonista del poema?, ¿de Javier Payeras?, en realidad es imposible saberlo–, nos ofrece una prosa poética que tiende a la exhortación y a lo descriptivo, que elabora lo que parecería ser la nueva realidad del paciente hospitalizado en el hospital de San Sebastián. Aquí, el destino de ese paciente se hace claro: "Oculta tu locura, Intruso", nos dice, agregando, "Queda la locura a relámpagos. Quedan las visiones de la epilepsia", y luego "Tienes sed de semilla. La letra se desplaza en tu sangre".

En las líneas finales –no se trata ya aquí del canto elevado de Raktas, sino de una prosa atormentada y febril– leemos: "Deja que las ventanas puedan abrirse a los demás, la oscuridad es sólo saturación, ¿quién ha visto salir tanta luz de una nube?" Creo que una posible respuesta a esta interpelación final sería: "Nosotros, los que hemos tenido la suerte de encontrar y apreciar este hermoso poema".

Segunda parte

Aproximaciones a la literatura hispanoamericana del siglo XX

La interpretación de lo religioso en los ensayos de José Carlos Mariátegui

La llegada de los europeos a nuestro continente fue para sus habitantes un hecho catastrófico en el que grandes señoríos fueron derrotados y sojuzgados, no sólo militar sino también política y económicamente, una catástrofe en la que las casas gobernantes perdieron, además del dominio de sus territorios, el derecho a mantener su religión –es decir, sus creencias, con sus ceremonias y rituales– y los conocimientos elaborados por sus sacerdotes –es decir, la vivencia de cosmovisiones avaladas, hasta ese momento, por la estructura teocrática de sus sociedades.

Los españoles llegaron blandiendo, al lado de la espada, la cruz, símbolo de una religión de origen judío que, gracias no únicamente a la complejidad de sus ideas, sino también a sus poderes de adaptación y a la habilidad política de sus dirigentes, se había llegado a convertir en la religión oficial y, por lo tanto, en la única y "verdadera" religión para los europeos. Y si los soldados españoles, apoyados por los sacerdotes y monjes que los acompañaban, se veían a sí mismos como los poseedores de una verdad absoluta y eterna que tenía que ser transmitida –impuesta sería una mejor palabra– a quienes para ellos era una masa de salvajes, adoradores del diablo, para los indígenas los invasores eran hombres extraños, rodeados de misterio, que en nombre de un dios "verdadero" y un rey que vivía al otro lado del mar violaban templos y palacios, destruían imágenes, y se apoderaban del oro, la plata y las piedras preciosas que, reservados para los dioses y sus representantes terrenos, se utilizaban en oratorios y palacios como parte de los ritos y las ceremonias intrínsecas a sus rituales.

En el caso del incario, los españoles encontraron a su llegada un territorio gigantesco cuya civilización estaba basada en la agricultura colectiva y cuyo tipo de organización político-religiosa –la teocracia– era rechazada por los europeos. Basada en el principio del origen divino del Inca, la teocracia incaica se había expandido a gran parte de lo que ahora conocemos como Sudamérica, imponiendo sus formas de gobierno, con sus políticas económicas y sociales, a los pueblos derrotados e incorporados al incario. En lo que respecta a la religión, sin embargo, los incas habían adoptado un método de absorción y sincretismo –al igual que otros pueblos de la antigüedad, como los persas y los romanos–, en el que los dioses de los vencidos eran absorbidos por la religión oficial del imperio sin por eso llegar a ser negados o destruidos. Como lo expresa José Carlos Mariátegui, el filósofo político peruano: "Este lado de la religión inkaika se delinea netamente en el miramiento con que trataron los inkas a los símbolos religiosos de los pueblos sometidos o conquistados"[1], agregando un poco después: "El pueblo inkaico ignoró toda separación entre la religión y la política, toda diferencia entre Estado e Iglesia. Todas sus instituciones, como todas sus creencias, coincidían estrictamente con su economía de pueblo agrícola y con su espíritu de pueblo sedentario" (104).

Esta religión, altamente organizada, contaba con templos, sacerdotes, amautas y una gran cantidad de trabajadores diversos, y un ceremonial extraordinariamente elaborado y complejo. Sus ceremonias incluían desde los ritos agrarios y los sacrificios humanos hasta la confesión y la penitencia, además de la excomunión y, como toda religión, se daba en varios niveles de

---

1. José Carlos Mariátegui (1928), *Siete ensayos de interpretación de la realidad peruana*. amauta.lahaine.org, www.lahaine.org/amauta/b2-img/Mariategui%20Siete%20Ensayos.pdf, bajado el 11 de mayo, 2018. p. 102. Todas las citas serán tomadas de esta edición y la página será indicada por el número en paréntesis luego de la cita.

profundidad espiritual. Así, dentro de ella coexistían conceptos casi abstractos como los de Pachacamak y Wiracocha, grandes hacedores universales en los que podemos ver "divinidades abstractas, representativas del hombre desligado de la sentimentalidad localista"[2]; creencias animistas relacionadas con el culto del sol y la luna, las estrellas y el trueno; y prácticas mágicas relacionadas con objetos a los que se atribuían fuerzas espirituales y que se consideraban sagrados, llamados *huacas.* Estas *huacas* existían en gran variedad de formas y no se limitaban únicamente a objetos, ya que en algunos casos se trataba de templos o tumbas asociadas con el culto de los ancestros.

De este modo, mientras los pueblos vencidos se sometieran a las imposiciones políticas y económicas del incario y aceptaran la divinidad del Inca y los miembros de su familia, el tipo de creencias toleradas dentro de la religión del Tawantinsuyo eran variadas. José Carlos Mariátegui en sus *Siete ensayos de interpretación de la realidad peruana* nos dice al respecto que "la religión del quechua era un código moral antes que una concepción metafísica" (p. 102), ya que en el imperio incaico "lo religioso se resolvía en lo social" (p. 102).

Para él, debido a su orientación marxista, las formas religiosas impuestas a los señoríos derrotados por los Incas, fueron el resultado de la economía agrícola y sedentaria del pueblo inca, y de su necesidad de crear un superávit económico que sostuviera no solamente a la inmensa población de trabajadores que la producían, sino también a los nobles, sacerdotes y guerreros, minorías económicamente improductivas. Su actitud ante la religión incaica es totalmente materialista, y aunque su profundo conocimiento de los incas –un conocimiento basado en los estudios que sobre este grupo existían en esa época– da base firme a sus

2. J. Uriel García (1937). *El nuevo indio.* Cuzco: H. G. Rozas Suc., p.17. Hago uso de este libro pues su fecha de publicación es cercana a la de los ensayos de Mariátegui y las ideas que propone son contemporáneas a las de éste.

opiniones, la falta de simpatía hacia las necesidades espirituales que fueron la causa de la creación, no sólo de la cosmovisión, sino de las prácticas asociadas con ella, desarrollada por los incas, es obvia. Mariátegui critica a los quechuas por no haber tenido un celo catequista y dice: "Su esfuerzo, naturalmente dirigido a la mejor unificación del imperio, tendía a este interés, a la extirpación de los ritos crueles y de las prácticas bárbaras; no a la propagación de una nueva y única verdad metafísica" (102). Leyendo estas líneas, sin embargo, creo que hay que preguntarse que si la obcecación y el fanatismo religioso que caracterizaba al catolicismo europeo en ese momento ha de considerarse como una virtud cuando de experiencias religiosas se trata.

Posteriormente, al comparar la religión del imperio de los incas con la religión de los españoles, Mariátegui afirma: "Identificada con el régimen social y político, la religión inkaica no pudo sobrevivir al Estado inkaico. Tenía fines temporales más que fines espirituales. Se preocupaba del reino de la tierra antes que del reino del cielo. Constituía una disciplina social más que una disciplina individual" (102). Sin embargo, en cuanto a la cristianización del pueblo inca, sabe perfectamente que "los misioneros no impusieron el Evangelio; impusieron el culto, la liturgia, adecuándolos sagazmente a las costumbres indígenas. El paganismo aborigen subsistió bajo el culto católico" (107). Es decir que el catolicismo, como experiencia teológica nunca llegó en realidad a la mayoría de los creyentes. "Hasta el pueblo... no llega la labor teologizante de los seminarios, universidades y demás claustros escolásticos... pues la evangelización católica se conforma con un éxito económico"[3] aclara Uriel García. Así, lo que llegó, impresionó, y tal vez convirtió a los pueblos del incario, fue el culto patético del catolicismo español con su énfasis en el sacrificio del Hijo de Dios –un sacrificio humano– y la liturgia, con su pompa esplendorosa, en la que los indígenas en-

---

3. García, *op. cit.* p. 116.

contraron de nuevo el oro, la plata y la pedrería como las formas de exaltar al nuevo dios. Y si desde los orígenes de su cultura, el más grande de los dioses tuvo su representación material en el sol y en las diferentes imágenes que de él se hacían, más tarde, con el triunfo de los españoles, Jesús se convirtió en la encarnación del otro dios, el de los católicos, que también era representado en imágenes rodeadas de gran riqueza y poseedoras, por lo tanto, de gran atractivo físico.

El mismo Mariátegui así lo comprende al citar a Emilio Romero L.:

> Los indios vibraban de emoción –escribe– ante la solemnidad del rito católico. Vieron la imagen del sol en los rutilantes bordados de brocados de la casulla y de las capas pluviales; y los colores del iris en los roquetes de finísimos hilos de seda en fondos violáceos. Vieron tal vez el símbolo de los quipus en las borlas moradas de los abates y en los cordones de los descalzos..."[4]

Antes ya Mariátegui ha afirmado, "la exterioridad del paramento del catolicismo sedujeron [sic] fácilmente a los indios... Los misioneros no impusieron el evangelio; impusieron el culto, la liturgia, adecuándolos sagazmente a las costumbres indígenas" (107). Pero el boato, el culto, la liturgia no representan necesariamente el aspecto espiritual del catolicismo. Por lo tanto, si la religión incaica cayó ante el cristianismo no fue porque éste poseyera una fuerza espiritual superior o mayor profundidad, sino porque el catolicismo, además de poseer en esa época rituales deslumbrantes y ser la religión de los vencedores, poseía lo que Mariátegui describe como un "mimetismo con que, en lo formal, se ha amoldado siempre al medio" (107).

4. Emilio Romero, "El Cuzco católico", en *Amauta,* no.10, dic., 1927, citado en Mariátegui, *op. cit.* p. 106-107.

A esto, Mariátegui agrega: "Identificada con el régimen social y político, la religión incaica no pudo sobrevivir al estado incaico. Tenía fines temporales más que fines espirituales. Se preocupaba del reino de la tierra antes que del reino del cielo. Constituía una disciplina social más que una disciplina individual... Lo que tenía que subsistir de esta religión, en el alma indígena, había de ser, no una concepción metafísica, sino los ritos agrarios, las prácticas mágicas y el sentimiento panteísta" (107). Es decir que Mariátegui sabe exactamente cuál fue la razón de la caída de la religión del Tawantinsuyo, de esa religión en cuanto experiencia espiritual profunda, como lo sería para los sacerdotes, los amautas y la familia real, porque el otro aspecto de esa religión, el de las creencias animistas, ritos agrarios y prácticas mágicas no desapareció. Unido a las creencias animistas, a las supersticiones y a las prácticas mágicas aceptadas por el catolicismo, ese aspecto, tal vez tosco, tal vez limitado, pero no menos real para quienes creen en ellas y las practican, sobrevive hasta nuestros días. "Un santo, como el antiguo fetiche que representa al Apu o al Auqui, es el símbolo de la aldea, el señor del *ayllu*... Se le pasea en andas recargadas de plumones y de flores multicolores, como al primer prócer de la comarca, como al patrón de la aldea"[5]. Es decir que para la inmensa mayoría de los indígenas, a pesar de la tan cantada evangelización española y de la supuesta superioridad espiritual del catolicismo, tan solo se trató de un cambio de formas, ya que a las imágenes precolombinas siguieron las de los Cristos, Vírgenes y santos, y a las fiestas incaicas siguieron las celebraciones de un santoral católico adoptado, y adaptado por los indígenas a su cosmovisión y a sus prácticas rituales.

Los templos del incario, recintos sagrados y misteriosos en los que se depositaban las materias preciosas, las únicas dignas de los dioses, se transformaron en el "santuario donde vuelve a

5. García, *op. cit.* p. 114.

depositarse la riqueza pública... lleno de retablos que resplandecen de oro de alta ley, el oro acumulado, como en los tiempos del inca, por el dolor de los mitayos, cuajados de pedrerías"[6] y ambos son lugares mágicos ante los que los indígenas, como los mestizos, en cuanto feligreses se doblegan en señal de acatamiento y a cuyas leyes incomprensibles se someten por fuerza.

Condenada a caer con el imperio debido a la total identificación entre lo religioso y lo político, la religión del imperio inca fue suplantada por otra religión oficial: el catolicismo español. Este representaba otra forma de sincretismo. Como lo había hecho ya en Europa, la Iglesia católica se acomodó y creció entre las ruinas de la religión caída. En palabras de Mariátegui: "Sobre las ruinas del Imperio, en el cual Estado e Iglesia se consustanciaban, se esboza una nueva teocracia, en la que el latifundio, mandato económico, debía nacer de la "encomienda", mandato administrativo, espiritual y religioso. Los frailes tomaron solemne posesión de los templos inkaicos" (105). Así, todos aquellos elementos de la antigua religión que podían ser usados fueron reinterpretados y absorbidos por los catequizadores españoles para su uso y provecho.

Como lo explica Mariátegui, esta forma de la Iglesia católica de apropiarse –y adaptar para sus propios fines– de creencias y rituales ajenos a su teología no fue exclusiva de la conquista del incario. De este modo escribe: "Este fenómeno no era exclusivo de la catequización del Tawantinsuyo, la catolicidad se caracteriza, históricamente, por el mimetismo... La Iglesia romana puede sentirse legítima heredera del Imperio Romano en lo que concierne a la política de colonización y asimilación de los pueblos sometidos a su poder" (107). De allí pasa sin embargo a afirmar, citando a Unamuno, que "el cristianismo, la cristiandad desde que nació en San Pablo no fue una doctrina, aunque se exprese dialécticamente: fue vida, lucha, agonía.

6. García, *op. cit.* p. 116.

La doctrina era el evangelio, la Buena Nueva. El cristianismo, la cristiandad, fue una preparación para la muerte y la resurrección para la vida eterna"[7] y comenta que "la pasividad con que los indios se dejaron catequizar, sin comprender el catecismo, enflaqueció espiritualmente el catolicismo en el Perú" (108). Es decir que a pesar de su marxismo, Mariátegui ve al catolicismo como la religión superior por ser una preparación para una vida eterna que, se supone, sigue a la muerte. Pero lo que los indígenas siempre necesitaron, especialmente durante la conquista y la colonia, lo que más necesitan aún hoy día, al igual que el resto de los seres humanos, especialmente aquellos que son marginados y explotados, no es la vida eterna sino una vida terrena, digna y justa; no sólo la Buena Nueva, sino el alimento diario y la dignidad humana que se les niega. No la preparación para la muerte, sino la vida como experiencia humana fructífera y gratificante. Podemos ver entonces que, en este caso, Mariátegui, el crítico marxista, está supeditado al católico creyente. De lo contrario, cómo explicar el razonamiento que hace al declarar la religión del Tawantinsuyo inferior a la católica por no ser tan "espiritual" como la católica, una espiritualidad que en el catolicismo se manifiesta y concretiza a través del hecho de preparar a los seres humanos para la supuesta y utópica resurrección a una vida eterna más allá de nuestra realidad terrena.

---

7. Miguel de Unamuno, *L'Agonie du Christianisme*, citado por Mariátegui, *op. cit.* p. 108.

La poesía de Rafael Arévalo Martínez

La producción poética de Rafael Arévalo Martínez (1884-1978) abarca los años que van de 1911, año de la publicación de *Maya,* su primer libro de poemas, a 1947, cuando se publica *Por un caminito así,* su último poemario. Y, aunque en años posteriores aparecieron otras colecciones, se trata más bien de antologías, en las que muy pocos poemas nuevos son incluidos.

Estos 36 años representan para el mundo y para Guatemala un periodo de grandes cambios históricos y culturales. Dos guerras mundiales, la revolución mexicana y la rusa, la tiranía y el derrocamiento de los gobiernos de Estrada Cabrera y de Ubico son algunos de los hitos históricos que se viven en esa época. En el campo de la literatura, los jalones determinativos del periodo son el reconocimiento del modernismo como el más importante de los movimientos literarios hispanoamericanos, la llegada a nuestras tierras de todos los ismos asociados con la vanguardia, y la exploración de las formas y temas ofrecidos por la poesía pura en un extremo y por la poesía política y conversacional en el otro. Durante este tiempo, Arévalo Martínez, fiel a su vocación de poeta modernista, alejado de los cambios que puedan imponer las corrientes literarias que llegan a Guatemala o los cambios históricos que tienen lugar en el país, produce una poesía intimista y religiosa –en el sentido más amplio del término–, en la que elabora una visión muy personal de la realidad.

Maya[1], publicado, como ya se dijo, en 1911 fue su primer libro y, como todo libro primerizo, es bastante desigual en cuanto a su tono y a su forma. Poemas de claro corte romántico

1. Rafael Arévalo Martínez, *Maya*. Guatemala: Sánchez & DeGuise, 1911.

aparecen al lado de otros en los que el poeta trata de incorporar formas del primer modernismo, aquel más cercano al parnasianismo y que a menudo es exclusivamente asociado con Darío. Estas formas, caducas ya en otros países, para esos años eran, sin embargo, nuevas todavía en Guatemala y causaban gran sensación entre los lectores. Por primera vez en nuestro país se tenía un poeta que, rechazando las formas literarias de un romanticismo anquilosado aceptado por la sociedad guatemalteca como válidas, iniciaba su aventura poética afirmando, en contra de los cánones literarios imperantes, su filiación modernista. Como escribe César Brañas: "En *Maya* se advierte... audacia de poeta que desafía a sus coetáneos y les coloca delante de los ojos preciosidades de joyerías, fantasías y logogrifos, como para probar a un tiempo su probidad y su inteligencia"[2].

El libro se inicia con un "Plafón", escrito nada menos que por José Santos Chocano. En él se define la tradición dentro de la que se ha de inscribir la nueva poesía que Arévalo Martínez abandera en *Maya*. Este ideario, con ligeras modificaciones, ha de permanecer constante durante la vida del escritor: "Mezcla de amor y misticismo... llena este libro de versos, en que un espíritu sutil y enfermo de idealidad dice de sus ingenuas impresiones, de sus vagas angustias, de sus castos amores, de sus borroso ensueños"[3]. También el poeta se halla caracterizado en ese texto, definiéndosele a partir de la imagen del escritor decadente, equivalente en la Guatemala de entonces –como en el resto de Hispanoamérica– a la del escritor modernista: "Suelen atormentarle, como es de rigor, las enfermedades del siglo; pero sobre las vacilaciones nerviosas, pasa el soplo de ese su misticismo que se me antoja venir desde las teosofías indostáni-

2. César Brañas, *Rafael Arévalo Martínez en su tiempo y en su poesía.* Guatemala: Unión Tipográfica, 1946. p. 21.
3. José Santos Chocano, Plafón, en *Maya,* p. I-IV.

cas, hasta hacerle dar a este libro un ilusivo nombre"[4]. Aunque con el tiempo las connotaciones originales de confrontación y rebeldía asociadas con el adjetivo "decadente" habrían de desaparecer, Arévalo Martínez se apropia de esta caracterización y elabora, a partir de ella, el sujeto textual con el que se le ha de identificar hasta su muerte.

En *Maya* podemos encontrar algunos de los poemas que nos permitirán establecer el sentido que Arévalo Martínez ha querido darle a su obra poética en estos años. Poemas como "Epístola a Manuel Machado", "Canto a Flamel", "Mi hermana la rosa" y "Canto al Arcipreste de Hita" aúnan a su belleza formal una carga ideológica que nos permite definir como decadente a toda la poesía arevaliana anterior a *Llama*, su cuarto poemario, publicado en 1934[5]. Además, el que Arévalo Martínez decidiera hacer de su segundo libro una definición del término "decadente", nos permite ver el interés que tenía en establecer una asociación directa entre su nombre y tal epíteto.

Tres años después de *Maya*, en 1914, aparece *Los atormentados*. Tenemos en esta ocasión un libro más coherente, temática y formalmente. Se ve en él, desde el título, el deseo de afirmar esa nueva sensibilidad que define, en ese momento, a los jóvenes creadores guatemaltecos, quienes, al rechazar los conceptos que los grupos letrados del país sustentaban acerca de la poesía y su función social y estética, buscan explorar nuevos espacios, no sólo en el aspecto formal, sino en el que ellos describen, con bastante amplitud, como el de "lo espiritual". Se trata de los artistas decadentes que, a partir del modernismo, buscan a sus maestros en los "raros" –ese grupo de visionarios que van de Swedenborg a Lautreamont, pasando por Poe y Rimbaud–. Si *Maya*, por su título, hacía referencia a las creencias

4. Chocano, *op. cit.* p. III.

5. Rafael Arévalo Martínez, *Llama*. Guatemala: Editorial Librería Renacimiento, 1934.

hindús –maya es, de acuerdo a algunos filosofías indostánicas, el nombre que recibe el mundo en cuanto apariencia–, el título de *Los atormentados* nos remite a los individuos que han rechazado la visión cientificista y utilitaria impuesta por la filosofía positivista. Ellos, vueltos hacia el "oriente", buscan elaborar un discurso que les permita expresar una realidad diferente, que ellos se limitan a definir como espiritual, y en la que se mezclan libremente a un catolicismo tradicional, ideas platónicas y neoplatónicas, doctrinas teosóficas y filosofías asiáticas. Los modernistas ofrecen de esta manera una visión idealista del mundo que, dadas las explicaciones cientificistas postuladas por los grupos de poder, representa una crítica drástica a la realidad oficial, impuesta por una burguesía que busca incorporarse al mundo capitalista que Europa y Estados Unidos desde esa época empiezan hacer obligatorio.

Es también ese aspecto definitorio de los artistas decadentes –los atormentados del título–, el que da al libro la cohesión temática y formal que no encontramos en *Maya*. El primer poema del libro, titulado "Decadentismo", lo hace muy claro, ya que en él se establece, por medio de imágenes que pertenecen al campo de la literatura y de la sicología, el rechazo que caracteriza las relaciones entre los jóvenes poetas y la burguesía, que establece las normas y las leyes que rigen a la sociedad guatemalteca:

> ¡Los versos de una triste poesía!
> Dejad la prosa para el hombre sano,
> capaz de la unidad y la armonía
> y capaz de vastas concepciones.
> Nosotros decadentes,
> llevamos inclinadas nuestras frentes
> para escuchar nuestros corazones[6].

6. Arévalo Martínez, "Decadentismo", en *Los atormentados*. Guatemala: Unión Tipográfica, 1914. p. 3.

Aparecen también en este libro algunos poemas publicados ya en *Maya*, y una serie de poemas de tema cristiano que, con el tiempo, llegarán a ser emblemáticos de la poesía arevaliana. "Navidad" y "El señor que lo veía" son dos de ellos. Aparece también en este poemario, por primera vez, "Retrato de mujer", el poema más antologado de este poeta. Se hace claro con esto que en el caso de Arévalo Martínez es imposible separar su obra poética, como se ha hecho a menudo, en dos periodos claramente divididos: uno caracterizado por las formas del primer modernismo, con su gusto por el recargamiento verbal, y otra en la que imperan las formas prosaicas del segundo momento modernista, y que las formas poéticas que caracterizan su segunda época, pueden ser encontradas desde sus primeros libros.

Han de pasar nueve años antes de que el próximo libro de poemas de Arévalo Martínez sea publicado y, en 1923, aparece *Las rosas de Engaddi*[7]. Según Hugo Estrada, en este libro "se aprecia el aparecimiento de una *nueva poesía*... que va a ser el carril por el que se ha de deslizar la poesía esencialmente arevaliana"[8], aunque reconoce que "este tipo de poesía –sencilla, emotiva, sutil– ya se venía esbozando débilmente en *Los atormentados*"[9]. Creo que, aunque se puede ver un cambio en las formas de las que hace uso el poeta, hay otro elemento que marca con mayor fuerza la evolución que empieza a hacerse notar en este libro, pivotal en la obra poética de Arévalo Martínez. Se trata de un nuevo énfasis religioso, de raigambre no totalmente cristiana, y que, a nivel formal, se encuentra asociado con las nuevas formas que Estrada percibe. Y aunque Brañas lo ve como "el libro más completo de poesía lírica que diera el país, por hallarse ya más

7. Rafael Arévalo Martínez, *Las rosas de Engaddi*. Guatemala: Sánchez & De Guise, 1923.
8. Hugo Estrada, *La poesía de Rafael Arévalo Martínez*. Guatemala: Tipografía Nacional, 1971. p. 40.
9. Estrada, *op. cit.* p. 40.

acrisolado en él las ideas del poeta y más limpias las formas de su expresión"[10], creo que desde el punto de vista de su unidad, si se le compara con *Los atormentados,* algo se ha perdido. *Las rosas de Engaddi,* repito, es un libro transicional, aunque no por eso de menor belleza, o de menor riqueza temática, que el anterior.

Dividido en cuatro partes, encontramos en él muchos de los poemas que habrán de hacer famoso al poeta guatemalteco: "Dos hijos", "Ropa limpia", "El señor que lo veía...", por ejemplo, aparecen aquí por primera vez. "Navidad", publicado originalmente en *Los atormentados,* reaparece aquí simplificado, en una nueva versión que el autor recogerá más tarde en sus antologías. Las modificaciones que Arévalo Martínez hace a este poema, dramatizan el interés que tiene ahora en hacer más sencilla –a nivel formal– su poesía, y en ofrecernos poemas de tono menor, que un lector menos sofisticado pueda comprender sin mucho problema. Encontramos, además, uno de los poemas religiosos más hermosos escritos por el poeta y que parece haber sido olvidado hasta ahora por la crítica. Se trata de "San Francisco de Asís", largo poema en el que a la fe cristiana del santo, el poeta sobrepone una visión panteísta, no occidental. Así, encontramos en los labios del santo las siguientes palabras:

> –He pisado a mi madre la tierra
> con amor, ¡maternal vientre pardo!,
> y he sentido que aquello que encierra
> es mi hermano. Y la ortiga y el cardo
> y el espíritu cruel del leopardo
> que empurpura de sangre su túnica
> y aquella alma que anima las breñas
> son pedazos no más de un alma única
> que está en todas las cosas pequeñas[11].

10. Brañas, p. 45.
11. Arévalo Martínez, "San Franciso de Asís", *Las rosas de Engaddi,* p. 34.

Entre *Las rosas de Engaddi* y *Llama*[12], el siguiente poemario de Arévalo Martínez, transcurren once años. "En ese lapso –dice Brañas–, la poesía en América ha atravesado ancha zona de crisis... Los buenos poetas modernistas han dado su cosecha y están situados, con escasas excepciones, un poco fuera de las corrientes de una nueva inquietud"[13]. La nueva colección de poemas que el escritor ofrece ahora, muestra, claramente, que su autor ha tomado un nuevo derrotero poético. Atrás queda la riqueza formal característica del primer modernismo. La poesía de *Llama* es una poesía que alcanza, y cito a Brañas nuevamente, "un líquido extremo de desnudez que recuerda la voluntaria negligencia de una gruesa parte de la poesía de Nervo"[14]. Si en su primera época –y Brañas muy certeramente define este periodo como el que va "desde *Maya*... hasta *Las rosas de Engaddi*"[15]– el poeta se identifica con la poesía de Darío y Manuel Machado, en esta segunda época –la que comienza con *Llama* y llega hasta *Por un caminito así*, el último de sus libros de versos– los poetas que lo guían son Bécquer, Nervo y Mistral. Aunque es preciso reconocer que Arévalo Martínez nunca ha de olvidar y hacer público el magisterio de Darío, en quien ve la más perfecta encarnación del poeta. Como se dijo antes, una división tajante que separe la obra poética de Arévalo Martínez en dos periodos opuestos, uno preciosista y otro de sencillez, es imposible. Prueba de ello es la inclusión, en este libro, del poema "Honras fúnebres por el alma de Darío", publicado originalmente en 1923, y que, desde un punto de vista formal, pertenece con la poesía de *Maya* y *Los atormentados*. En este poema –uno de los más largos que Arévalo Martínez habría de escribir– el poeta se

12. Rafael Arévalo Martínez, *Llama*. Guatemala: Editorial Librería Renacimiento (1934).

13. Brañas, *op. cit.* p. 49.

14. Brañas, *op. cit.* p. 54.

15. Brañas, *op. cit.* p. 7.

declara heredero del "magus" de la tradición ocultista y afirma, en versos de gran belleza, sus poderes de visionario. Para ejemplo, valgan las siguientes estrofas:

> –El poeta es sacerdote de las flores de la vida,
> es pontífice supremo de la cálida ilusión;
> en sus manos temblorosas una antorcha va encendida
> y en su boca de profeta va encendida una canción.
>
> Sonámbulo inerte
> o antorcha encendida
> una de sus manos le ha asido la Muerte
> y la otra la vida.
>
> Va cantando al borde los precipicios;
> solloza en los valles floreales;
> y, alterna, su vida da a los siete vicios
> y a las siete virtudes capitales.
>
> Y porque la vida le ha asido la mano,
> marcha por la senda beodo y pagano.
> Y porque la muerte le ha asido la mano,
> marcha por la senda contrito y cristiano.
>
> Y aunque son opuestas, él siente en las dos
> manos que lo llevan la mano de Dios.
>
> Como pitia loca, tiene la fatiga
> del deux que lo hostiga.
>
> Y va sordo porque aún oye la palabra del Señor;
> y va ciego porque aún mira su fulgor;
> y va trémulo, y es divino su temblor...

¡El poeta es el mensajero del Señor![16]

Por lo tanto, el cambio que observamos en la poesía arevaliana a partir de la publicación de *Llama* no lo aleja del modernismo. Lo que podemos observar es, como dice María Salgado, el mismo "proceso de simplificación... llevado a cabo por varios otros escritores modernistas"[17]. La distancia que va de *Las rosas de Engaddi* a *Llama* es similar a la que va de *Prosas Profanas* a *Cantos de vida y esperanza*. Se trata, en palabras de Octavio Paz, "no de un cambio de valores, sino de actitudes"[18]. Es claro, por lo tanto, que como explican Díez-Echarri y Roca-Franquesa en su *Historia de la literatura española e hispanoamericana*, la nueva poesía, muy a menudo definida como post-modernista, "no rompe con la poética de Rubén; se limita a la introducción de nuevos elementos estéticos y a la ampliación del cuadro de posibilidades creadoras ignoradas por el [primer] modernismo: la vida campesina, el suburbio, la intimidad hogareña, etc."[19] Se trata más bien "de una crítica del modernismo dentro del mismo modernismo"[20] y no de su rechazo.

Si me he detenido en este punto, es porque muy a menudo se describe como modernista únicamente la poesía arevaliana de la primera época, y como post-modernista la de la segunda. Como muestra Paz, el llamado post-modernismo es un movimiento espurio, ya que lo que vino después del modernismo

16. Arévalo Martínez, "Honras fúnebres por el alma de Darío", *Llama*, pp. 90-91.
17. María A. Salgado, "Pureza y sinceridad: la aportación poética de Arévalo Martínez", *Revista de Estudios Hispánicos*. University of Alabama: 1 (1979), p. 450.
18. Octavio Paz, "Traducción y metáfora", *El modernismo*. Lily Litvak (ed.). Madrid: Taurus, 1981. p. 114.
19. Emiliano Díez-Echarri y José Roca-Franquesa, *Historia de la literatura española e hispanoamericana*. Madrid: Aguilar, 1966. p. 1328.
20. Paz, *op. cit.* p. 114.

fue la vanguardia y, como ya se comentó, y se verá a continuación, Arévalo Martínez se, mantuvo apartado de las formas estéticas que este movimiento pregonó y logró imponer en Hispanoamérica.

En el poeta guatemalteco, como se dijo ya, esa nueva estética de lo mínimo y lo familiar se halla íntimamente asociada con una visión profundamente religiosa, no del todo cristiana, ya que como se vio al comentar el poema "San Francisco de Asís", un cuidadoso análisis revela el aspecto esotérico –ocultista para ser más exacto– que informa su visión del mundo y del mismo Arévalo Martínez –en las palabras del narrador del cuento "El hombre verde"–: "Aquel que es y a quien nombramos Dios"[21]. El énfasis que su autor pone en el aspecto religioso de esta poesía es sugerido por el título del poemario, que parece hacer referencia a la poesía de San Juan de la Cruz –el texto al que parece aludir es *Llama de amor viva*–, acerca de quien el poeta guatemalteco hace múltiples referencias y quien, además, fue acusado por la Inquisición de tener inclinaciones heterodoxas, es decir, por sospecharse que sus creencias no eran del todo cristianas.

En Guatemala, los años treinta ven el desarrollo de un grupo de poetas que buscan para la poesía un nuevo papel, uno que, al hacer énfasis en la función social, fomenta la afirmación de lo nacional. Los temas que les interesan, escribe Brañas, son los "del indio, [y] de América, conceptuándose para sus fines literarios, mensajeros de las antiguas divinidades de la tierra natal"[22]. El nombre escogido por estos poetas es el de Tepeus. Con ellos aparecen en Guatemala, por un lado, experimentos de tipo vanguardista y, por el otro, un cierto interés en la poesía pura. Arévalo Martínez se distancia del grupo y de ambas for-

21. Rafael Arévalo Martínez, "El hombre verde", *El señor Monitot.* Guatemala: Sánchez & De Guise, 1922. p. 117.
22. Brañas, *op. cit.* p. 51.

mas, y su poesía no parece ser afectada por lo que ocurre a su alrededor, a pesar de algunos poemas al trópico y a las naciones centroamericanas[23].

Por un caminito así[24] fue publicado en 1947. En este libro se extreman las formas poéticas que definieron el aspecto formal de *Llama*, pudiéndosele caracterizar por su técnica decididamente antipreciosista. Arévalo Martínez busca ahora, según Salgado, "expresar sus sentimientos de [la] manera más llana y directa"[25]. Su estética se basa –estas ideas se podían percibir ya desde *Las rosas de Engadi*– en los conceptos de sinceridad y naturalidad. "Por esta razón –dice Salgado– cree que es esencial que sus poemas den la impresión de espontaneidad, espontaneidad que incluye el mostrar los defectos con toda naturalidad"[26]. La tendencia al prosaísmo, que Brañas había notado también desde sus primeros libros, se ha agudizado, con resultados bastante dispares. Tenemos, pues, un libro que, en el polo opuesto de *Maya*, cultiva una poesía de tono sentencioso, desaliñado y prosaico. El título, con su diminutivo, hace claro el tono menor, más cercano a Campoamor que a Bécquer, que define al libro. Además, no se encuentra en él la cohesión temática o formal que había caracterizado a *Los atormentados* y a *Llama*. Aquí, la tutela de Darío parece haber sido abandonada por completo. La estética del libro podría ser resumida con los siguiente versos del poema "Brochazos":

> Yo soy de esos pintores de brocha gorda
> que pintan las paredes con manos sordas.
> ...

---

23. Véase Brañas, 51-52.
24. Rafael Arévalo Martínez, *Por un caminito así.* (Guatemala: Unión Tipográica, 1947.
25. Salgado, 451.
26. Salgado, 453.

No murmuren por eso de mi ceguera:
así pinta a los montes la primavera:
con un brochazo oscuro pinta el barranco
y con dos pinta el cielo de azul y blanco[27].

El poema concluye con los siguientes versos:

Plagada de descuido irá mi prosa,
como llena de espinas crece la rosa;
pero será una forma tan pura y bella
que no invoques tus normas falsas para ella[28].

El descuido formal queda elevado, de este modo, a credo estético.

Al terminar esta enumeración de los poemarios arevalianos, quedan sin mencionar los maravillosos poemas en prosa que aparecen en *El señor Monitot* y en la coleccion de textos que, bajo el título *El hombre que parecía un caballo*, se publicó en España en 1931. Algunos de ellos representan lo mejor que, como poesía, Arévalo Martínez llegó a escribir. Textos como "El empleo de un año", "La montaña y el collado", "El mensajero" y "La esclavitud del poeta", del primer libro, y "El ángel", "El servidor ocioso" y "Síntesis", del segundo, parecen haber sido olvidados también por la crítica, y esperan ser estudiados para ser reconocidos entre los grandes poemas del escritor guatemalteco y de la poesía de este país. Por supuesto, queda, para el final de este estudio, la referencia a esos tres maravillosos textos, únicos en la literatura de Hispanoamérica, que son "El hombre que parecía un caballo"[29], "Nuestra Señora de los Locos"[30] y "El señor

27. Arévalo Martínez, "Brochazo," *Por un caminito así,*. p.130.

28. *Por un caminito así,* p. 130.

29. Rafael Arévalo Martínez, *El hombre que parecía un caballo.* Madrid: Compañía General de Artes Gráficas, 1931.

30. Rafael Arévalo Martínez, "Nuestra Señora de los Locos", *El señor Moni-*

Monitot"[31], en los que a una visión sacralizadora de la realidad se aúna la tensión formal para ofrecernos una profunda experiencia en la que el cristianismo y el ocultismo se confunden, para que de esa unión se eleven tres extraordinarios himnos a la misteriosa Unidad que, según afirma el poeta, gracias a los poderes de la palabra poética se revela como el fundamento de la realidad física, la que los seres humanos experimentan como fragmentada y parcial.

Así, al final, a pesar de todas la críticas que se le puedan hacer a Arévalo Martínez, tenemos que reconocer que lo escrito por César Brañas en los años cuarenta, en donde se reconoce la profunda vocación lírica de Arévalo Martínez, nos ofrece la más certera descripción del poeta guatemalteco y de la situación que le tocó enfrentar en su país. Según este crítico, se trata de una "existencia irrevocable de poeta lírico profundamente entregado a su ser y a su misión poéticos, de una manera profesionalista, digámoslo así, desapoderado para el genio medio guatemalteco, que ha visto siempre a los poetas con reserva, frialdad o ironía"[32]. En su obra encontramos, además, poemas que si no logran mantener con igual consistencia la extraña poesía de sus más extraordinarios textos, nos ofrecen, muy a menudo, momentos de excepcional calidad poética y de gran belleza formal. Más no se le puede pedir a ningún poeta.

Bibliografía

Arévalo Martínez, Rafael. *Maya* (1911). Guatemala: Sánchez & DeGuise.

---

tot. Guatemala: Sánchez & De Guise, 1922. pp. 29-58.

31. Rafael Arévalo Martínez, "El señor Monitot", *El señor Monitot.* Guatemala: Sánchez & De Guise, 1922. pp. 5-27.

32. Brañas, *op. cit.* p. 28.

_________ (1914). *Los atormentados.* Guatremala: Unión Tipográfica.

_________ (1922). *El señor Monitot* Guatemala: Sánchez & De Guise.

_________ (1923). *Las rosas de Engaddi.* Guatemala: Sánchez & De Guise.

_________ (1931). *El hombre que parecía un caballo.* Madrid: Compañía General de Artes Gráficas.

_________ (1934). *Llama.* Guatemala: Editorial Librería Renacimiento.

_________ (1947). *Por un caminito así.* Guatemala: Unión Tipográica.

Brañas, César (1946). *Rafael Arévalo Martínez en su tiempo y en su poesía.* Guatemala: Unión Tipográfica.

Chocano, José Santos (1911), "Plafón", *Maya, por* Rafel Arévalo Martínez. Guatemala: Sánchez & DeGuise. pp. I-IV.

Díez-Echarri, Emiliano y José Roca-Franquesa (1966). *Historia de la literatura española e hispanoamericana.* Madrid: Aguilar.

Estrada, Hugo (1971). *La poesía de Rafael Arévalo Martínez.* Guatemala: Tipografía Nacional.

Paz, Octavio (1981). "Traducción y metáfora", *El modernismo.* Lily Litvak (ed). Madrid: Taurus.

Salgado, María A (1979). "Pureza y sinceridad: la aportación poética de Arévalo Martínez", en *Revista de Estudios Hispánicos,* University of Alabama, 1:450.

El amor y las mujeres en la poesía de Jaime Sabines

La obra de Jaime Sabines, uno de los poetas mexicanos más importantes en la segunda mitad del siglo XX, ha sido descrita por Andrea P. Debicki como poesía de "fondo de angustia neorromántica"; pues trata la soledad del hombre moderno. Describe también el deseo de la trascendencia por medio del amor y el desafío a las limitaciones de la vida"[1].

Otro crítico, Ramón Xirau, ve en Sabines "un poeta hondamente realista"[2], en cuya obra "predomina el tema del amor... tanto como el tema del descubrimiento del mundo a través de la sensibilidad y la sensualidad, el temor a la muerte balanceado por un cierto amor a la vida"[3].

Ambos críticos, al leer el trabajo del poeta mexicano, hacen énfasis en el tema del amor. Sin embargo, habrá que recordar que el amor en la poesía de este poeta es una emoción que posee múltiples significados. Bajo el término "amor", se podrían incluir no sólo el deseo sexual y la ternura, sino también la necesidad de ser oído que el poeta experimenta en su relación con Dios y, los lazos que lo unen con algunos de los miembros de su familia.

Amor es también la emoción que lo impulsa a buscar a la "mujer", esa criatura en la que Sabines cree ver una especie de

---

1. Andrea Debicki, *Poetas hispanoamericanos contemporáneos.* Madrid: Gredos, 1976. p. 191.
2. Ramón Xirau, *Poesía iberoamericana contemporánea.* México: SEP-Setentas, 1973. p.160.
3. Ramón Xirau. "Introduction to Contemporary Spanish-American Poetry", *Mundus Artium 1* (1969). p. 26. La traducción del inglés es mía.

salvación, posibilidad de escape a su soledad. En este caso el amor es no sólo concupiscencia, o ternura, sino también violencia, y deseo –o temor– de aniquilación en un cuerpo femenino.

Finalmente, el amor es lo que hace de los "amorosos", tal y como queda descrito en el poema del mismo título, seres insaciables "representantes de una búsqueda tenaz y desesperada del amor, de la vida, y de los significados absolutos"[4]; seres que buscan lo que, en la poesía de Sabines, nunca habrán de alcanzar.

Aunque experiencia del amor, tal y como aparece en los poemas de Sabines, ha pasado por varias etapas, es sin embargo posible encontrar ciertas constantes que dan características muy personales a ese concepto.

En "Yo no lo sé de cierto...", un poema que apareció por primera vez en *Horal*, su primer libro, publicado en 1950, podemos ver ya casi todos los elementos que serán desarrollados más tarde en su poesía de tema amoroso, a pesar de que, como lo declara el poeta en el título mismo del poema, desconoce lo que es el amor, y todo lo que afirma, por lo tanto, es una mera suposición:

> Yo no lo sé de cierto, pero supongo,
> que una mujer y un hombre
> algún día se quieren...[5]

Esta declaración de su ignorancia en cuanto a la experiencia del amor es subrayada en otro poema de la misma colección, titulado "Sitio del amor":

4. Debicki, *op. cit.* p. 197.

5. Jaime Sabines, *Nuevo recuento de poemas.* México; Joaquín Mortiz, 1977. p. 12. Todas las citas de los poemas serán tomadas de esta edición y la página será indicada por el número en paréntesis luego de la cita.

> Sitio del amor, lugar en el que he vivido
> de lejos, tú, ignorada,
> amada que he callado, mirada que no he visto,
> mentira que me dije y no he creído... (21)

El amor, en este momento de su poesía, es una vivencia que aísla a los amantes del mundo, dejándolos solos. Y es en esta soledad que estos "se van matando uno al otro" (12), según expresa el poeta. El amor, que es ante todo unión de cuerpos –"El amor une los cuerpos" (12) escribe en el mismo poema–, es también la destrucción del individuo. Esta idea reaparecerá como una de las constantes más características de su poesía. Ni el hombre ni la mujer sobreviven, como entes independientes a la experiencia del amor compartido.

En otro poema de la misma colección expresa cómo esa destrucción tiene lugar, describiéndose a las mujeres –así en plural– como una tumba para el hombre que, sin embargo, cuando llega a ella, está muerto:

> Las mujeres se abren bajo el peso del hombre
> como el mar bajo el muerto,
> lo sepultan, lo envuelven... (27)

Tal percepción de la relación física entre los amantes conlleva la impresión del amor como violencia, a la vez física y emocional, contra la mujer amada. Así el poeta escribe en otros poemas: "Si me dejas arrancarte los ojos, amor mío, me harías feliz" (275), y "Soy la flecha en el lomo de la gacela agonizante" (25). Estas palabras están íntimamente ligadas a la visión que el poeta tiene de las mujeres –"la mujer" según los poemas de Sabines–, como amante y compañera, visión que será discutida más adelante.

Otro elemento importante que aparece en "Yo no lo sé de cierto..." y otros poemas de esta época, y que se mantendrá constante a través de toda la obra poética de Sabines, es el del amor como silencio: "Todo se hace en silencio..." (12) nos dice el poeta, agregando: "En silencio se van llenando uno al otro..." (12). Este silencio busca sugerir la experiencia total que ofrece la vivencia amorosa, totalidad en la que el lenguaje es, necesariamente, superfluo.

En *Yuria,* un poemario de 1967 y, por lo tanto, bastante posterior a *Horal,* el amor, en cuanto silencio, es descrito en los siguientes términos: "Porque las palabras del amor están dentro de dos gentes que no se dicen nada" (204), agregándose: "El amor no se dice con nada..." (207). En todo caso, el poeta parecería indicar que la experiencia del amor es para él algo, finalmente, inefable.

Sin embargo, en "Yo no lo sé de cierto..." aparece también otro elemento que el poeta va a rechazar más tarde, aparentemente al evolucionar su visión del amor. Este es el del amor como conocimiento superior y como experiencia de lo temporal:

> Cualquier día despiertan, sobre brazos;
> piensan que lo saben todo.
> Se ven desnudos y lo saben todo (12).

La referencia a la historia bíblica de Adán y Eva en el paraíso terrenal y su adquisición del conocimiento de sus cuerpos, con su carga de culpabilidad y de castigo que habrá de marcarlos[6], es inevitable. El poema es además interesante porque a pesar de tratarse de un tema tan claramente erótico –la unión de los cuerpos en el amor y la adquisición de conocimiento gracias a esta unión–, no se trata de un poema sensual. Los cuerpos son mencionados sin que lleguen a ser recreados en el lenguaje del poema, experimentándoseles, por lo tanto, como carentes

6. *Génesis* 3: 7-8.

de carnalidad, como entes abstractos a través de los cuales la emoción erótica y amorosa, aunque descrita, no llega a adquirir cuerpo. Se puede sugerir entonces que, al menos en este poema, el poeta, a pesar de su percepción del amor como experiencia física, desconoce –o es incapaz de expresar– la vivencia carnal de esa percepción.

En el libro que siguió a *Horal*, publicado en 1951 con el título de *La señal*, todos los elementos hasta aquí discutidos reaparecen, con la excepción de la descripción del amor como algo no experimentado por el poeta.

Hay en esta colección dos poemas que parecen expresar y resumir en forma muy completa la experiencia física del amor expresada por Sabines en estos años. Uno de ellos es el titulado "Después de todo". En él, el desencanto ante la unión de los cuerpos en la relación amorosa parece ser total:

Después de todo –pero después de todo–
sólo se trata de acostarse juntos,
se trata de la carne,
de los cuerpos desnudos,
lámpara de la muerte en el mundo (60).

Es posible ver también, especialmente en el verso final, que la experiencia de la carne se halla marcada por la visión cristiana del cuerpo.

Unos versos más abajo, confirmando esta idea, leemos:

A la miseria del placer, eternidad,
condenaste la búsqueda, al injusto
fracaso encadenaste la sed... (60)

La búsqueda de los "amorosos" queda, así, condenada al fracaso por hallarse devaluado, en esta poesía, el cuerpo y sus placeres y, además, por experimentar la cercanía de la mujer amada con desconfianza y temor. Así, al final, la soledad es mejor a la tan ansiada unión amorosa:

> Soledad, márcame con tu pie desnudo,
> aprieta el corazón como las uvas
> y lléname la boca con su licor maduro (60).

En los libros posteriores a *La señal,* estos temas se mantiene constantes, aunque aparezcan coloreados por el tono emocional de cada libro y definidos por la forma adoptada en la elaboración de los poemas que aparecen en los libros, ya que Sabines trabaja en algunos de ellos el poema en prosa.

Un elemento que cambia definitivamente en los libros publicados a partir de 1952, es la visión que de las mujeres –"la mujer" en los poemas– comunica el poeta. Esta adquiere en ellos una mayor cercanía física, ya que se la experimenta no sólo como una experiencia puramente literaria, sino como un cuerpo al que el hombre se acerca lleno de ambigüedad. Esta diferencia puede ser vista claramente al comparar un verso del poema titulado "La Tovarich", de *Horal,* con "Vuelo de noche", de *Mal tiempo,* libro publicado en 1972. En el primer poema leemos: "El cuello de Margie es alto y blanco, como de blando oro blanco. Ducal" (16). En el segundo: "La mujer no es serpiente ni es una flor. No tiene leche debajo de la lengua, ni miel ni nada: tiene saliva". Si en el primer poema encontramos una imagen de "la mujer" elaborada a partir de la retórica modernista hispanoamericana, con sus raíces en la poesía galante francesa, en el segundo el cuerpo de la misma es expresado a partir de la negación de esa tradición modernista. La boca de "la mujer" aquí no puede ofrecer la dulzura de la miel o la leche –referencia a la tierra prometida por su dios, según la Biblia, al pueblo judío[7]–, ya que en ella sólo se da la saliva.

La ambigüedad que el poeta experimenta frente a la mujer amada, y deseada, es, tal vez, una de las características más salientes en la poesía amorosa de este poeta y está relacionada, indudablemente, con la forma en la que el poeta percibe a la "mujer" y, consecuentemente, a las mujeres.

José Emilio Pacheco ha escrito, hablando de Sabines y de su mundo poético, lo siguiente:

> La poesía de Sabines es la gran representación poética de lo que fue vivir en México a mediados del siglo veinte –por supuesto, para cierta clase a la que pertenecemos él, sus lectores y sus comentaristas... Cartas confidenciales de la clase media para la clase media y desde la clase media[8].

Es decir que en esta poesía encontraríamos la experiencia de los hombres de la clase media mexicana –se podría agregar que ésta es también la de los hombres de clase media en el resto de nuestro continente–, caracterizada por sus valores conservadores en cuanto a la familia, la religión y la definición de los roles sexuales y de género, y que es esta experiencia la que al alimentarla y definirla, la limita. Es por su afirmación de estos valores que Pacheco puede decir que en Sabines tenemos al "macho que desbanda a los poetisos maricones mostrándoles el bulto de sus pistolas"[9]. Ante tal desplante machista, no es difícil imaginar que el poeta, como el resto de sus contemporáneos hispanoamericanos, ve a las mujeres, en las palabras de Carlos Monsiváis, como un "receptáculo de las urgencias físicas

---

7. *Éxodo* 3:8.
8. José Emilio Pacheco, "*Nuevo recuento de poemas* de Jaime Sabines", en *Vuelta* 9, 1977, p. 35.
9. *Ibid*, p. 34.

[y emocionales] del hombre"[10].

Probablemente es esto lo que hace que en su obra el amor se experimente como un fracaso. Las mujeres –la "mujer"– deseadas, amadas, nunca llegan a ser entendidas como seres humanos, como otras personas con las que es posible recuperar y compartir el goce del deseo sexual y el placer del amor erótico. En la obra de Sabines "la mujer" es siempre una comodidad, un objeto que el poeta –al igual que sus contemporáneos– busca para satisfacer una necesidad de consuelo cuando se está solo y se vive una experiencia de desamparo, o para descargarse sexualmente cuando se lo desea.

Para los hombres, por su condición de mujeres, ni la amistad es posible con ellas. "Si no fueras mujer fueras mi amigo..." (142), dice en otro poema y, unos versos más abajo, continúa: "Eres como el perdón / y yo soy tu hijo..." (142)

En otros de los poemas de *Horal*, haciendo énfasis en su percepción de "la mujer" como fuente de alivio a su soledad y a su dolor, se expresa de la siguiente manera:

> Aquí no hay mujer. Me falta.
> Mi corazón desde hace días quiere hincarse
> Bajo alguna caricia, una palabra (22).
>
> No es que alguna mujer –puede que sea–
> nos haga falta ahora.
> (Una mujer. Quién sabe. A veces nos ocurre
> pensar que estamos solos) (26).
>
> Uno es tonto en una cama acostado,
> sin mujer, aburrido, pensando.
> Sólo pensando.
> No tengo "hambre de amor", pero no quiero

---

10. Carlos Monsiváis, *Amor perdido*. México: Biblioteca Era, 1977, p. 71.

pasar todas las noches embrocado
mirándome los brazos (56).

En otro plano, tal vez menos físico, su actitud no es muy diferente de la que los poemas han mostrado hasta ahora:

No hay más. Sólo mujer para alegrarnos.
Sólo ojos de mujer para reconfortarnos (56).

Bendita entre todas las mujeres
tú, que no estorbas,
tú que estás a la mano como el bastón del ciego,
como el carro del paralítico (63).

En estos versos se puede percibir claramente cuál es la función de las mujeres en este mundo estrictamente masculino –reflejo de la sociedad en la que se mueve el poeta, es decir, de nuestras sociedades patriarcales– determinado únicamente por las necesidades masculinas: consolar, acariciar, dejarse acariciar, estar a la mano, pero sin estorbar –ni cuestionar– quién posee el poder ni cómo lo ejerce o lo sustenta al establecer tales imposiciones. Esta actitud alcanza su expresión más acabada en un poema en prosa que carece de título, incluido en la sección "Vuelo de noche", del poemario *Yuria*. Aquí el poeta pide que se canonice a las putas por sus virtudes, entre las que se encuentra como la más importante, de acuerdo al poema, la de dar placer sin pedir nada a cambio –el poeta olvida claramente la transacción monetaria que es obligatoria en estas situaciones–:

No exiges ser amada, respetada, atendida, ni imitas a
las esposas
con los lloriqueos, las reconvenciones y los celos...
recibes en tu seno a los pecadores, escuchas las palabras

y los sueños,
sonríes y besas (220).

La descripción continúa más adelante con las siguientes palabras: "soportas las agresiones del orgulloso, las acechanzas de los enfermos..." (220), para continuar:

> Has educado tu boca y tus manos, tus muslos y tu piel, tus vísceras y tu alma. Sabes vestir y desvestirte, acostarte, moverte. Eres precisa en el ritmo, exacta en el gemido, dócil a las maneras del amor (220).

Siguiendo la lógica del poema, y sin perder su ritmo verbal o emocional, sería posible agregar: "eres la alfombra en la que los hombres nos limpiamos los zapatos, la toalla en la que nos secamos las manos, el pañuelo con el que nos limpiamos la nariz". Tales frases no desentonarían con las implicaciones que, aunque claras en el poema, el poeta ignora completamente, lo que le permite desechar lo que ellas significan desde un punto de vista humano y no sexista.

Como escribe Carlos Monsiváis: "Ensalzar a la 'mujer fácil', darle entre comparaciones y reproches sitio de honor resulta –de Acuña a Lara[11]– una suerte de desafío social"[12], pero es también olvidar las "demasiadas noticias irrefutables sobre la explotación económica, el informe de vidas acosadas [ya que] el sexismo es también una suma de enfermedades incurables, de encierros y esclavitudes nada simbólicas"[13] y que, finalmente, en cualquier sociedad, pero especialmente en nuestros

11. Monsiváis se refiere aquí a Manuel Acuña, el poeta romántico mexicano, y a Agustín Lara, el muy conocido compositor e intérprete de sus propias canciones, mexicano también.

12. Monsiváis, p. 72.

13. Monsiváis, p. 304.

pueblos pobres y explotados, "una prostituta es víctima, nunca diosa"[14] o que la prostitución en cuanto trabajo no es nunca libertad ejercida sino vida sacrificada a necesidades económicas. Las palabras de Monsiváis aplican, sin duda, a las mujeres que Sabines imagina, describe y añora en su poema.

Al otro extremo de la mujer-como-prostituta encontramos en la poesía de Sabines a la mujer-como-madre. En este papel, también asignado y definido a través de las estructuras de poder impuestas y manipuladas por un sistema patriarcal y machista, las mujeres continúan sirviendo a los hombres como apoyo y consuelo. En este caso, sin embargo, la relaciones emocionales que el varón experimente son más complejas y ambiguas. La dependencia expresada por el hombre adulto adquiere una tonalidad infantil, forzándolo a una situación de dependencia y de mayor vulnerabilidad.

En "Sitio de amor", de *Horal*, el poeta al ver a la mujer amada no la ve a ella, sino al hijo que con ella –que gracias a ella– le será posible engendrar. Es decir que la mujer amada es transformada, en la mirada del amante que la fija a partir del poema, en madre: "Cuando miro tus ojos / pienso en un hijo" (21).

Otro poema de la misma colección confirma este deseo por la amada-como-madre: "Quiero esa arpa honda que en tu vientre / arrulla niños salvajes" (24). Más abajo, en el mismo poema, agrega: "Mujer, ternura de odio, antigua madre" (25).

En este contexto, el acto sexual se transforma, para el hombre –y no hay que olvidar que esta poesía expresa únicamente la versión masculinista y machista, de las relaciones amorosas–, en una experiencia de regresión en la que el amante se ve absorbido por la mujer y transformado en hijo: "[Las mujeres] lo incrustan en ovarios interminables / lo hacen hijos e hijos" (27). En otro poema de *La señal*, enfocado en este mismo tema, el poeta se expresa de la siguiente manera: "y me quieres a mí,

14. Monsiváis, p. 305.

y soy entonces / como un hijo nuestro largamente deseado" (64).

De este modo esa mujer imaginada por el hombre funciona como fuente de satisfacción y de destrucción al mismo tiempo, causa y origen de emociones ambiguas, de deseo y de temor, que la niegan como persona, como compañera de los hombres, y la transforma en objeto usado para la satisfacción perversa de necesidades físicas y emocionales.

En cierta forma, en la poesía de Sabines podemos ver el mismo conflicto que sufren los personajes masculinos de Dostoievsky, uno de los reconocidos maestros de la narrativa moderna europea, quien en sus novelas y cuentos también fue incapaz de percibir a las mujeres como compañeras de sus personajes masculinos, tal y como él los concibe en sus historias. En éstas, de acuerdo a Nicholas Bardyayev, uno de sus críticos, los personajes masculinos, en sus relaciones amorosas, son incapaces de salir de sí mismos: "El hombre está encadenado a la mujer por un deseo apasionado, pero esta pasión permanece en él como un asunto estrictamente suyo, una cuestión de su manera de ser: algo que nunca le permitirá llegar a la unión con la mujer deseada"[15].

Para los hombres el amor es, en la visión de estos autores, una experiencia percibida y definida en términos estrictamente masculinistas, machistas, lo que condena a hombres y a mujeres a la soledad que impone la imposibilidad del amor compartido, vivido como una experiencia en la que la comunicación de igual a igual es posible. Pero mientras que para el escritor ruso esta soledad es también el resultado de una visión del destino humano –no por más compleja menos masculinista– en la que los hombres en cuanto seres libres están condenados a enfrentarse al problema de Dios como límite de su libertad personal, a

15. Nicholas Bardyaev, *Dostoievsky*. New York: The World publishing Co., 1962. p. 115. La traducción del inglés al castellano es mía.

solas y sin mediación de los otros; en la obra de Sabines no encontramos esta expansión hacia una realidad espiritual o metafísica. En su poesía la búsqueda del amor es el proyecto central de la vida de todos los hombres, pero al negar a las mujeres su realidad individual, al no poder percibirlas como compañeras, como las semejantes de los hombres, al vivir la pasión carnal no como goce, sino únicamente como lo que se padece antes de experimentar un "malestar del sexo ahíto" (143), la imposibilidad de esa búsqueda se hace clara. Los valores de su clase y su cultura, de su época, se vuelven limitantes, ya que no le proveen un punto de partida que le permita criticar, y rechazar, la visión que del amor ha heredado.

El desencanto ante el amor que se percibe en la poesía amorosa de Jaime Sabines parecería ser así el de alguien que ha creído que el amor es una experiencia capaz de devolvernos al paraíso terrenal del que nos habla la Biblia, antes de la caída de Adán y Eva, un lugar en el que no existen contradicciones y que puede ofrecernos una unión total entre dos seres que, en última instancia, no son carnales. Sin embargo, como cualquier otro hombre entregado a esa fantasía, el poeta se ve obligado a descubrir que el amor "es corrompido por el tiempo, no soporta la ausencia, aprieta con las horas, se somete a las glándulas, está a la intemperie" (22). Es decir, que el amor, después de todo, es humano y, por lo tanto, carnal y temporal.

Y, sin embargo, al final nos queda la emoción de los poemas, la tristeza del desencanto y la soledad. La angustia de un hombre que, dado el sistema machista de su mundo, y su época, cree que en el amor está su salvación –"pensé que el amor era el único refugio contra los bombardeos nocturnos" (22)– y que por lo tanto, no comprende que el amor necesita ser camino, aventura –nunca apeadero– de cuerpos que desnudos han escogido vivir la realidad que el amor puede ofrecer y, a veces, provee.

Una versión anterior de este trabajo fue publicado en Tzolkin *31. [Guatemala] 24 de marzo, 1988, pp. 234-235.*

MITOLOGÍA Y ORFISMO EN *MUERTE DE NARCISO* DE JOSÉ LEZAMA LIMA

"per visibilia ad invisibilia"
Romanos I, 20

Adentrarse en la poesía de José Lezama Lima es perderse en una selva enmarañada y oscura en la que la realidad es percibida como a través de un cristal opaco que sólo nos permite adivinar la monstruosa densidad que tras él existe. Es como perderse en un extraño mundo en donde todo es y al mismo tiempo no es y, por lo mismo, apunta hacia un más allá inalcanzable en donde la ausencia da forma a una poesía que, toda resistencia, busca revelar la Presencia; en la que la huella dejada en el agua puede ser, y es tal vez, la más perfecta señal del misterio en que el poeta busca penetrar. Porque la poesía de Lezama Lima busca ser, ante todo, revelación, demostración, no por absurda menos exacta, del misterio de lo que constituye lo Real.

La poesía es el reto de la realidad absoluta. Ese reto nos conmueve, le da una fascinación distinta a las cosas, nos enamora de la belleza del ser, pero a ninguna de estas sustancias debemos responder como ante realidades con las cuales podemos dialogar[1]. Como para los griegos primitivos, para quienes la otredad absoluta de lo Sagrado lo hacía monstruoso, para Lezama Lima la esencia de la realidad, al ser poética, es sagrada, es decir, es monstruosa. Y por ser poética la esencia de la realidad, "[l]a poesía se convierte en el vehículo de conocimiento absoluto, a través del cual se intenta llegar a las esencias de la vida, de

1. Cintio Vitier, "La poesía de José Lezama Lima y el intento de una teleología insular", en *Recopilación de textos sobre José Lezama Lima*. Pedro Simón (ed.). La Habana: Casa de Las Américas, s.f., p. 75.

la cultura y la experiencia religiosa"[2].

Pero lo misterioso es resistente, se niega a ser revelado, y el poeta se ve forzado a usar un lenguaje oracular, y por lo tanto oscuro, que apunta hacia el misterio y nos imanta de él, ofreciéndonos tal vez de este modo la única posibilidad para nosotros de llegar a participar de él, pero en el que lo indescifrable permanece en lo que es oscuridad y desconocimiento. "'El juglar hermético sigue las usanzas de Delfos, ni dice, ni oculta, sino hace señales', recuerda Lezama... Es obvio que su hermetismo se inscribe en este contexto..."[3]

Es ésta una de las razones por las que desde su primer poema publicado, *Muerte de Narciso* (1937), Lezama Lima ha hecho uso del mito y de la alegoría, formas literarias asociadas con lo religioso, que le permiten que una cosa represente, o que se transforme en, otra y, así, "mediante metáforas consecutivas expone un sentido recto y otro figurado o prefigurado, a fin de explicar y explicarse lo que está del otro lado"[4]. Cintio Vitier, a quien pertenecen estas palabras, continua más adelante: "Historietas, fábulas, símbolos hundidos en la naturaleza, que van desprendiendo, por frotamiento y rotación, significados de otro modo inalcanzables"[5]. Con lo que indica que el material mítico literario del cual se apropia Lezama Lima para establecer el referente de algunos de sus poemas, funciona como máscara o imagen de una realidad que, por su propia naturaleza, ha de permanecer escondida e irrevelable.

El método del poeta es así parecido al que se sigue en ceremonias mágicas y/o religiosas, en las que los gestos del ofician-

2. *Ibid*, p. 71.
3. Guillermo Sucre, *La máscara y la transparencia*. Caracas: Monte Ávila Editores, 1975, p. 187.
4. José Agustín Goytisolo. "Prólogo", en José Lezama Lima, *Fragmentos a su imán*. Barcelona: Editorial Lumen, 1978, p. 13.
5. Cintio Vitier. "Prólogo", en José Lezama Lima, *Fragmentos a su imán*. Barcelona: Editorial Lumen, 1978, p. 27.

te encarnan, y a la vez enmascaran, la experiencia de lo sagrado. Los gestos son mediadores que muestran, sin explicar su sentido, y que de esta manera permiten a los participantes entrever el horror que es lo Intangible, es decir, lo radicalmente Otro. Desde el punto de vista de la crítica literaria, Northrop Frye ha tratado de explicar esta relación entre la poesía moderna y las ceremonias religiosas al escribir: "Hay, por lo tanto, una analogía entre la materia del poeta y esas acciones significativas en las que los hombres participan... acciones a las que llamamos ritual"[6].

Muchas de estas ideas ha sido expresadas por Lezama Lima no sólo en sus poemas sino en sus ensayos, y han llegado a él gracias a su interés por las religiones pre-socráticas, aquellas en las que los griegos, haciendo uso a menudo de ideas desarrolladas por las culturas del Medio Oriente, empezaron a plasmar su visón, tan particular, del mundo. Algunas de estas creencias son las que siglos más tarde fueron apropiadas y reinterpretadas por los Primeros Padres de la Iglesia para expresar, o explicar, los misterios de un apenas naciente cristianismo. De estas religiones hay una visión con la que Lezama Lima se identifica plenamente, no como religión, sino como interpretación teogónica y escatológica del mundo. Se trata del Orfismo.

A grandes rasgos el Orfismo puede describirse como la espiritualización de las creencias y ritos dionisíacos. La doctrina cardinal de ambas religiones es la creencia de que a los seres humanos les ha sido dada la posibilidad de experimentar el estado divino, aunque los métodos para alcanzarlo sea radicalmente distintos.

Orfeo reemplazó el éxtasis emocional que había sido engendrado en los *thiasos* [seguidores de Dionisos] a través de la

6. Northrop Fry, "New Directions from Old", en *Myth and Mythmaking*. Henry A. Murray (ed.). Boston: Beacon, 1968, p. 116. Ésta, y todas las traducciones del inglés, son mías.

realización de la unidad con las energías dinámicas de vidas violentas, por el éxtasis del aspirante, logrado por medio de largas disciplinas y purificaciones...[7]

Es importante recalcar que algunos escritores ven estos rituales como derivados de los rituales egipcios de Isis y Osiris. Heródoto es uno de ellos: "Los ritos órficos y Báquicos y los ritos egipcios son idénticos o análogos"[8]. Y aunque otros estudiosos creen que se trata de creencias que concordaron en ciertos aspectos por venir de una fuente común ("parece razonable más bien, considerar dos cultos que, después de todo, eran bastante divergentes, como provenientes de una sola fuente primitiva"[9]), existen entre las creencias griegas, egipcias y otras aún anteriores, suficientes elementos en común para aceptar que partes de una puedan ser interpretadas, o expresadas, en términos de las otras.

Un elemento importante del culto dionisíaco, que fue absorbido por el Orfismo, es el del renacimiento del alma como parte del proceso de purificación de la misma. "Este proceso incluía un viaje a través de muchas vidas, a través de todas las 'desapariciones y renacimientos y sufrimientos y recorridos' atribuidos a Dionisos"[10], dice Levy, y agrega, "[l]a doctrina tiene un color Oriental, casi Indio, y puede ser muy bien que Orfeo haya incorporado una simbología extranjera, por ejemplo en su Rueda de Vidas y Muertes..."[11]

Otro aspecto de Orfeo que es importante recordar es su carácter de poeta: "Siempre hay en él un cierto aire de lejanía, no sólo la del artista autosuficiente que está, y debe estar, siempre

---

7. G. Rachel Levy, *Religious Conceptions of the Stone Age*. New York: Harper & Row, 1963, p. 287.
8. Jane Harrison, *Prolegomena to the Study of Greek Religion*. New York: Meridian Books, Inc, 1960, p. 455.
9. Levy, *op. cit.* p. 289.
10. *Ibid*, p. 287.
11. *Ibid*, p. 288.

solo"[12]. Se trata también de que es, como músico mágico, con poder sobre todas las cosas naturales, salvajes y no domesticadas que Orfeo aparece. Este concepto pasó naturalmente al arte cristiano, y es interesante observar al músico mágico transformarse gradualmente en el Buen Pastor[13].

Con este comentario, volviendo ahora al poeta cubano, llegamos a otro elemento central de su cosmología, el cristianismo. Hay que recordar, sin embargo, que él está más cerca de Tertuliano que de Agustín o Tomás de Aquino, más cerca del *credo quia absurdum* del primero que del aristotelismo cristianizado del último.

Esta mezcla de creencias, orfismo y cristianismo, no es sorprendente, ya que también algunos de los Primeros Padres de la Iglesia vieron en Orfeo una especie de anuncio pagano de la figura del Cristo, y algunas de esas creencias, comunes como ya vimos en toda el área de Grecia, Creta, Rodas, Egipto y todo el cercano Oriente, llegaron a formar parte, aunque con nuevos significados, del cristianismo. O, como lo describe A. Powell Davies, estudioso de las religiones de esta región: "Durante los primeros siglos de su desarrollo, el cristianismo se compone en mucho de elementos absorbidos de las religiones paganas del área del Mediterráneo"[14].

Todo este mundo místico-religioso ha sido fundamental en la elaboración de la cosmovisión de Lezama Lima. El, que "quiere vivir el *absoluto* de la poesía, de la realidad trastocada en poesía,"[15] ha hecho de ella un método de conocimiento oracular, oscuro, al cual se llega a base de fe, y no de razón.

---

12. Harrison, *op. cit.* p. 471.
13. Harrison, *op. cit.* p. 457.
14. A. Powell Davies, *The Meaning of the Dead Sea Scrolls*. New York: The New American Library, 1956, p. 25.
15. Cintio Vitier, "Introducción", en José lezama Lima, *Obras Completas*, v. I (México:Aguilar, 1975) XXXII.

La sustancia poética, en suma, no está en las voces del mundo aparencial..., pero tampoco en sus configuraciones intelectuales... Está en ese "extraño silbo" que en medio o detrás de las voces se detiene y nos detiene...[16]

Lo absoluto, para él, es siempre lo otro, lo inalcanzable, a lo que aspira el ser mortal, y que solo puede vislumbrar, según sus propias palabras, de una manera "oblicua", indirecta, incomprensible, a través de "una razón de las imágenes 'que la razón no conoce'"[17].

Estas ideas aparecen ya en *Muerte de Narciso,* aunque no haya sido sino con su obra posterior que se hayan hecho claros la dirección y el sentido hacia los que la obra de Lezama Lima apuntaba.

Muerte de Narciso, como lo expresa su título, es una interpretación del mito griego, pero al mismo tiempo, es algo más que eso. Se trata de una teogonía que haciendo uso de elementos místico-religiosos ya existentes, los integra y los transforma en una visión poética, nueva, del mundo.

El poema se inicia con los ya tan citados versos:

Dánae teje el tiempo dorado por el Nilo
envolviendo los labios que pasaban
entre labios y vuelos desligados[18].

Esta imagen de un tiempo siendo tejido, y que se da entre dos estados opuestos –"labios que pasaban" y "labios y vuelos desligados"– parecería apuntar hacia un mito de creación a partir de la palabra. Esta idea es justificada por los versos que siguen y que concluyen de la siguiente manera:

---

16. Cintio vitier, "La poesía de José Lezama Lima..." 75.

17. Vitier, "Prólogo" a *Fragmentos...* 27.

18. José Lezama Lima, *Obras completas* 653. Todas las citas del poema son tomadas de esta edición y el número de página será indicado entre paréntesis luego de la cita.

> Ahora llevaba el oído al caracol, el caracol
> enterrando firme oído en la seda del estanque (654).

La referencia a Dánae, a primera vista tan sorprendente, se podría justificar por ser esta figura una de las encarnaciones de la Diosa-Madre, origen y fuente de todo lo creado. Esto se hace claro en una de las versiones de su leyenda. En ésta, Dánae es aprisionada por su padre en una cámara subterránea, ya que un oráculo ha predicho que el hijo de la joven lo mataría. Hasta esa cámara llega Zeus, y en forma de lluvia de oro la posee. Dánae queda de esta forma embarazada y da a luz a Perseo.

Robert Graves, el poeta inglés especialista en mitos griegos, ve en esta historia una referencia al "matrimonio ritual del sol y la luna, del que el rey del Nuevo Año nacía"[19]. Graves continua explicando: "El mito de Dánae, Perseo, y el arca parecería estar relacionado con el de Isis, Osiris, Set, y el Niño Horus"[20]. Este último mito, con su tema de muerte y resurrección de un joven dios, es uno de los mitos que encarnan el aspecto cíclico de la vegetación, en su relación con las estaciones. Es también un mito egipcio, lo que nos llevaría al Nilo, cuna de la civilización egipcia, y al que Lezama Lima hace referencia en el primer verso del poema.

Podemos ver aquí, a grandes rasgos, un método característico del poeta cubano al tratar con personajes mitológicos pre-existentes. En las mitologías de esa región definida como Cercano Oriente, cuya mitología tan radicalmente influyera en las ideas religiosas y filosóficas de los griegos –muchas de las ideas de Platón parecen tener un origen asiático–, los dioses representan aspectos de fuerzas naturales –vegetales o animales–, y en sus diferentes manifestaciones apuntan hacia los

---

19. Robert Graves, *The Greek Myths*. New York: George Braziler, 1959, p. 244.
20. *Ibid.* p. 287.

múltiples significados que pueden dársele a esas fuerzas. No se trata, pues, de criaturas o símbolos fijos y univalentes, se trata más bien de símbolos en flujo constante, cuyos significados cambian con las épocas del año y con los significados que tienen los otros dioses o seres con quienes se les asocian. Es decir, son seres plurivalentes. Esto justifica los diferentes nombres e imágenes que adoptan.

Un ejemplo más cercano a nuestras experiencias lo tenemos en los distintos nombres e imágenes que adoptan la Virgen María y Jesús (descendientes directos de la Diosa Madre y el Joven Dios que Muere, aunque interpretados a partir de las ideas que a través de siglos fueron desarrolladas por los Primeros Padres de la iglesia, a partir de las cuales se fue configurando el cristianismo) en el ritual católico. Así, Jesús Nazareno subraya diferentes aspectos de la historia y de la figura del Cristo que los que Jesús el Buen Pastor, o el Sagrado Corazón de Jesús sugieren. Y la Virgen Dolorosa nos recuerda la historia de la Redención, al que la Virgen de la Asunción no hace, necesariamente, referencia.

Una vez hemos aceptado esta plurivalencia de los seres míticos a los que Lezama Lima hace referencia, podemos ver que él, a su vez, no sólo hace uso de esa plurivalencia, sino que hace referencias que van de una mitología a otra. En esta forma Dánae, de origen griego, puede aparecer dentro de un mito de creación poético, pues uno de sus significados es el de Diosa-Madre. En esta forma, puede dar origen al tiempo en el río Nilo, ya que éste es fuente de civilizaciones y, además, porque la leyenda de Dánae está relacionada con Isis, otra Diosa-Madre, aunque en la mitología egipcia.

La visión de los orígenes y de la creación en esta especie de *summa mythologica* que Lezama Lima va desarrollando, tiene también sus orígenes en el oriente. En su libro *Ancient Egyptian Religions*, Henry Frankfort, su autor, hace muy claro que "los egipcios percibían el universo vivo como un movimiento rítmico contenido dentro de una totalidad inmutable"[21]. Esta creencia, por supuesto, no fue exclusiva de los egipcios, y fue común a otras civilizaciones, incluso las de China.

La visión, de un mundo cambiante dentro de una totalidad inalterable, explica el énfasis en dos tipos de elementos opuestos que encontramos en el poema, los cuales aparecen consistentemente, ya sea como imágenes que se oponen –las ya citadas de los versos dos y tres–, o a través de la oposición de lo inmóvil: nieve, mármol, máscara, espejo; con lo fluido: abrir, poniente, fuga, río; oposición que en algunos momentos se resuelve dentro de la misma imagen: "fría llama", "granizados toronjiles", "ríos de velamen congelado", y la magnífica "pleamar" del último verso, en la que la plenitud recobrada –lo estático– se da en lo móvil y fluido –el agua–, encarnado todo en una intemporalidad que, sin embargo, se da en el tiempo: el mar.

Pero esto es adelantarse, ya que Narciso, reinterpretado órficamente, va a ser el mediador de estas dos realidades.

La historia de Narciso, siguiendo la versión que Robert Graves ofrece, puede resumirse de la siguiente manera: Narciso, hijo de una ninfa y un dios-río, es poseedor de una belleza extraordinaria. Tiresías, el vidente, ha predicho que el joven vivirá mientras no llegue a conocerse a sí mismo. A los dieciséis años, lleno de orgullo, Narciso ha rechazado a todos los que se han enamorado de él, entre ellos Eco, la ninfa, quien al ser rechazada, muere dejando únicamente su voz.

Otro amante rechazado es Aminio, a quien Narciso envía una espada para que se suicide. Cuando éste lo hace, pide a los dioses que lo venguen. Artemisa lo escucha y condena a Narciso a enamorarse, pero a que su amor no sea nunca consumado.

Al verse un día en una fuente, Narciso extasiado ante la belleza de la imagen que percibe en el agua, no puede dejar de con-

---

21. Henry Frankfort, *Ancient Egyptian Religion*. New York: Harper and Row, 1961, p. 13.

templarla. Graves explica bellamente las emociones que poseen al joven, y que podrían describir también a las que embargan al poeta lezamiano: "¿Como podría él poseer y no poseer al mismo tiempo? El dolor lo consumía y, sin embargo, el se gozaba en su tormento"[22]. Incapaz de sobrellevar su tormento, Narciso se suicida con una daga, y de la tierra bañada con su sangre, nace el narciso, una flor que puede ser roja o blanca. De esta flor, explica Graves, se hacía un ungüento "recomendado para las aflicciones de los oídos... y para la cura de las quemadas que produce la helada"[23]. También se llamaba narciso a una flor celeste, de tres pétalos, usada en la guirnalda de Perséfone, una figura, también de la mitología griega, que encarnaba a la diosa-madre en su aspecto negativo. Este narciso azul nacía a finales de otoño.

Además, continua Graves, la terminación *–issus, que* es de origen cretense, hace referencia a un joven dios-flor que muere anualmente, y que en otros lugares era llamado Antheus, uno de los nombres dados a Dionisos, lo cual nos remitiría nuevamente a los ritos de Orfeo y al orfismo

Dentro del poema, Lezama Lima ha hecho uso de todos los elementos mencionados por Graves –sus fuentes fueron probablemente las mismas del poeta inglés: Ovidio, Pausanias, Plinio–, pero en el caso del poeta cubano, estos quedan interpretados a partir del orfismo. Narciso se convierte, de este modo, en el buscador de la unión del deseo con la realidad, por medio del poeta que a la manera de Orfeo parte de lo visible y lo cambiante en busca de lo invisible y lo eterno. "El espejo se olvida del sonido y de la noche / y su puerta al cambiante pontífice entreabre." (653). Se trata de la celebración de un rito de iniciación en el que el oficiante, aunque tome diferentes formas, es siempre el mismo, con lo que queda expresada la idea de la unidad final de todas las apariencias. La posibilidad de un

22. Graves, *op. cit.* p. 287.
23. *Ibid*, p. 288.

verdadero conocimiento reside entonces en esa "mustia hoja de oro, / alzada en espiral" (654) que es la poesía, ya que como inspiración es dádiva divina y, por lo tanto, natural –hoja–, y como poema es producto del trabajo humano, es decir, artificial –de oro.

Pero el verdadero conocimiento, la poesía, es como la imagen de Narciso en el agua: no puede ser ni atrapada ni fijada. La imagen es, por su propia naturaleza, ausencia de realidad. Citando palabras del poema: "Lenta se forma la ola en la marmórea cavidad" (654).

Y si en la historia mitológica el castigo consistía en que Narciso se enamorara de lo que escapa, para Lezama Lima, la experiencia de hallarse separado de la realidad, que únicamente se nos ofrece como imagen, es decir, como ausencia, y que por lo tanto permanece inalcanzable, es el significado de la caída, si es que interpretamos esa separación de la realidad en términos cristianos.

Hay una enemistad original, de raíz sagrada, entre la criatura y la sustancia poética. No olvidemos que el hombre es, por definición, en todas las instituciones primigenias, el expulsado. Pero hay también una atracción irresistible entre la criatura y la sustancia poética[24].

Por eso podemos decir que el poeta-sacerdote, bajo cualquiera de sus nombres, Orfeo o Narciso o José Lezama Lima, está condenado a adentrarse en el misterio y a intentar zurcir estas dos realidades:

Como se derrama la ausencia en flecha que se aísla
y como la fresa respira hilando su cristal,
así el otoño en que su labio muere, así el granizo
en blando espejo destroza la mirada que ciñe,
que le miente la pluma por los labios, laberinto y halago

24. Vitier, "La poesía..." 74.

> le recorre junto a la fuente que humedece el sueño, (654).

> y al encontrar una ausencia, que es la poesía, y un mentido halago, que es el poema, porque, acaso, "¿No es la curva corintia traición de confitados mirabeles?" (655)

Volviendo una vez más a la mitología griega, existe, por su deseo de conocer y participar en lo Sagrado, otra posible encarnación de Narciso. Se trata de Acteón, el cazador que quiso ver desnuda a Artemisa, la más casta de las diosas, la que era asociada con la luna. Es decir, se trata de ese hombre que quiso ver lo Sagrado en todo su esplendor, y quien, como castigo, fue transformado en ciervo para luego ser perseguido por sus propios lebreles y, finalmente, llegar a ser devorado por ellos. Es de este modo que Narciso logra su doble muerte. Como Acteón, Narciso es la víctima de su propia audacia –"Narciso, Narciso. Las astas del ciervo asesinado / son peces, son llamas, son flautas, son dedos mordisqueados" (657)– y el oficiante de un misterio: "Ola de aire envuelve secreto albino, piel arponeada... / Ya traspasa blancura recto sinfín en llamas secas y hojas lloviznadas." (658)

Al final, es el espejo –el poema– quien posee el secreto que Narciso ha buscado y que, cuando éste es ya sólo plenitud fugada, lo refleja en la imagen que las palabras han configurado: "Así el espejo averiguó callado, así Narciso en pleamar fugó sin alas." (658).

La idea del oficiante-víctima, sacrificado por los dioses pertenece a ritos practicados por diversos grupos humanos durante el Neolítico y continuados, real o simbólicamente, con posterioridad. Los ritos dionisíacos pertenecían a este tipo de ritual, usándose en algunos casos un toro como la encarnación del dios. En ellos se conmemoraba la ocasión en la que los titanes (etimológicamente "pintados de blanco") destrozaron y devoraron a Dionisos. Más tarde, ésta es también la suerte que sobreviene a Orfeo, quien castigado por Dionisos por no creer en él y no celebrar sus ritos, es desgarrado por los seguidores del dios y sus miembros son dispersados.

Sin embargo, una tradición relata cómo la cabeza llegó a la isla de Lesbos y allí "permaneció en una grieta de la isla ofreciendo oráculos desde la tierra hendida"[25]. Es decir que el castigo y la muerte no lograron destruir los poderes del poeta, más bien los exaltaron, haciendo de su voz el medio por el cual los dioses se comunicaban, oscuramente, con los seres humanos. Su voz convertida en "[h]úmedos labios no en la concha que busca recto hilo," (658) y que en otro verso Lezama Lima describe como "Chillidos frutados en la nieve, el secreto en geranio convertido." (658)

He allí el proceso de "espiritualización" que se mencionara con anterioridad en relación con los ritos órficos. Mientras que en los ritos de Dionisos era el sacrificio lo que permitía a los oficiantes participar de la naturaleza sagrada del dios, y que con posterioridad se devorara la carne del animal sagrado, en los ritos de Orfeo es la muerte personal y el consiguiente renacimiento del dios lo que llevan a la purificación y a la experiencia de lo divino. En términos lezamianos, es la "muerte" del poeta, que desaparece tras el lenguaje para renacer en el poema, lo que permite ese proceso de "espiritualización":

> La blancura seda es ascendiendo en labio derramada,
> abre un olvido en la isla, espadas y pestañas vienen
> a entregar el sueño, a rendir espejo en litoral de tierra y
> roca impura. (658)

Es importante recordar que el orfismo de Lezama Lima es "cristiano", y que mientras las creencias "órficas" implicaban un

25. Harrison, *op. cit.* p. 465.

tiempo cíclico en el que sucesivas reencarnaciones eran necesarias para alcanzar la pureza total de lo Sagrado, para el poeta cubano el tiempo es necesariamente linear, como lo exige la historicidad de Cristo, Hijo de Dios Encarnado. Por eso, al morir Narciso, no hay ninguna alusión a una posible reencarnación. Lo que queda de él a su muerte es una imagen verbal única y definitiva, que se configura al encarnar el proceso de espiritualización que ha sufrido en el poema.

Sin embargo, queda en completa ambigüedad si la "pleamar" alcanzada por Narciso es la unión con la divinidad, o únicamente el conocimiento total y secreto, ese que sería revelado por el texto mismo –texto sagrado en cuanto revela y encarna, en su hermetismo, la realidad que esconde.

Así, su muerte y su derrota son el triunfo de Narciso. Su imagen ha sido fijada en el espejo que es el poema, inmóvil en las palabras y, sin embargo, fluctuante en el significado. El lenguaje del poema, su forzado y violento hermetismo, obligan una pluralidad de significados que imposibilitan la fijación de un sentido único y total. Como Narciso, vemos dibujarse ante nosotros, y desdibujarse, un espejismo, y cuando creemos haber llegado a un significado claro, definitivo, otro verso, otra metáfora, destrozan la aparente claridad, rindiéndola mentida.

> ¿Ya se siente temblar el pájaro en mano terrenal?
> Ya solo cae el pájaro, la mano que la cárcel mueve,
> los dioses hundidos entre la piedra, el carbunclo y la
> doncella (655).

Al final, Lezama Lima, fundador de teogonías órficas y cristianas y, como tal, sacerdote y víctima, nos entrega una imagen visible del mundo para que por ella escapemos hacia la otra, la invisible, la siempre inalcanzable realidad de lo Absoluto.

El género sexual y la experiencia del mundo en la obra de Juan Rulfo

Para Ana Sierra,
lectora sagaz y crítica
severa.

Juan Rulfo nace en 1918 en el estado mexicano de Jalisco, y publica su primer libro, una colección de cuentos titulada *El llano en llamas*, en 1953. *Pedro Páramo*, su única novela aparece dos años más tarde. En ambos libros el escritor mexicano configura "un mundo conflictivo, arremolinado por la presencia de la muerte, la violencia, el desamparo y la ausencia de futuro"[1], en el que la fe en una Divinidad bienhechora y justa es imposible, y en el que la única respuesta posible ante los desmanes sufridos por sus personajes es el fatalismo, ya sea como angustia muda, como furia sexual, o como crueldad absurda. En este mundo regido por la ley del más despiadado, hombres y mujeres tienen papeles estrictamente definidos por estructuras sociales jerárquicas y misóginas. Es ese aspecto misógino, reflejo de la situación que se vive en Latinoamérica aún en nuestra época y a pesar de los cambios económicos y sociales ocurridos en los últimos años, lo que permite a Liliana Befino Boschi afirmar que en nuestro continente, la mujer es quien, "desde su pasado histórico-social simultáneamente arrastra la culpa y el castigo de ser la desterrada de su propia tierra"[2]. Sin embargo, en la narrativa de Rulfo, esta afirmación se aplica a todos los per-

1. Rafael José Alfonso, *El laberinto y la pena: ensayos sobre la cuentística rulfiana*. Mérida, Venezuela: Universidad de los Andes, 1992, p. 108.
2. Liliana Befino Boschi, "Pedro Páramo o El regreso del hombre," en *Rulfo: La soledad creadora*. Violeta Peralta y Liliana Befino Boschi (eds.). Buenos Aires: Fernando García Camberno, 1975, p. 234.

sonajes, masculinos y femeninos, aunque cada uno lo sufra de acuerdo con las formas específicas que el papel social asociado con su género le obliga a desempeñar y, como consecuencia de ese papel, del poder que mantenga sobre quienes lo rodean. Así vemos que en toda la narrativa del escritor mexicano, ambientada en el área rural de Jalisco durante los años de la revolución mexicana, mientras los hombres se persiguen y asesinan unos a otros por razones políticas, sociales y económicas, su misma condición de varones les garantiza un mínimo de libertad para atacar y defenderse en los combates que viven. En el caso de las mujeres, sin embargo, se trata no solamente de los abusos políticos, sociales o económicos que sufren como grupo –no importa la clase social a la que pertenezcan–, sino también de la violencia sexual que, en diferentes formas, los hombres, aún como padres y hermanos, ejercen contra ellas. Tales abusos son el producto de la subordinación a la que se las sujeta, y a que se las perciba como un bien más al que los hombres tienen derecho, percepción que, en su mayoría, las mujeres mismas han llegado a aceptar.

Los hijos varones y los hombres que son percibidos como débiles también aparecen sujetos a formas de subordinación y de victimización semejantes a las que sufren las mujeres, pero en ellos, por tratarse de varones, el aspecto sexual se resuelve en formas muy diferentes, ya que la heterosexualidad en el mundo rulfiano es totalmente compulsoria y cualquier otra configuración sexual es absolutamente impensable.

En *El laberinto de la soledad*, libro de ensayos publicado en 1950, Octavio Paz trata de definir, a partir de ciertos aspectos de la historia de su país, lo que para él es la esencia de lo "mexicano"[3]. Aunque este libro tuvo una gran influencia en su

3. Octavio Paz, *El laberinto de la soledad*. México: Fondo de Cultura Económica, 1964. Todas las citas serán tomadas de esta edición, con el número de página entre paréntesis.

momento, desde los años setenta las ideas que propone han sido duramente criticadas por su ahistoricismo y por las contradicciones lógicas de que adolece[4]. Creo, sin embargo, que puede ser útil recurrir a la idea de la "chingada", desarrollada por Paz en el capítulo titulado "Los hijos de la Malinche", para analizar la narrativa de Rulfo, ya que todos estos libros se publicaron en la misma época: el de Paz en 1950 y los de Rulfo en 1953 y 1955, por lo que es posible leerlos como parte de un mismo momento histórico: a nivel mundial, los años de la posguerra europea y, a nivel nacional, los de la modernización impulsada por el gobierno de Miguel Alemán. Además, el concepto de la "chingada" propone una visión de las relaciones sociales y el sentido que éstas poseen dentro de la cultura mexicana –y, por extensión, de la forma en que esas relaciones quedan condicionadas por la idea de género sexual–, muy cercana a la que nos ofrece Rulfo en su narrativa. Así pues, apoyándome en las ideas propuestas por Paz en ese ensayo, pasaré ahora a analizar las relaciones de los personajes rulfianos como un sistema de violencias ejecutadas por los "machos" en contra de quienes siendo más débiles pueden ser dominados –sexual, económica o socialmente–, y de la resistencia que algunos de estos últimos ofrecen a las múltiples formas que toma esa violencia. Las razones que impulsan a los "machos" a "chingar" a quienes comparten con ellos el mismo espacio social o geográfico, tienen su raíz en el hecho de que, en su percepción, el mundo es un lugar radicalmente dividido, en el que sólo es posible vivir como agresor o como víctima.

Para Paz, "la chingada es la madre que ha sufrido, metafórica o realmente, la acción corrosiva e infamante implícita en el verbo que le da nombre"(63). Es además, "la Madre abierta, violada o burlada por la fuerza"(67). Si seguimos la línea de ra-

4. Jorge Aguilar Mora, *La divina pareja: historia y mito en Octavio Paz.* México: Ediciones Era, 1978.

zonamiento que Paz nos ofrece, es imposible separar el sentido que se le da a esta palabra en el contexto cultural mexicano de la forma en la que el género sexual funciona en esa sociedad. Definiendo el verbo, y ya no el adjetivo, Paz escribe a continuación: "El verbo denota violencia, salir de sí mismo y penetrar por la fuerza en otro. Y también herir, rasgar, violar –cuerpos, almas, objetos–, destruir"(64). El escritor extiende su definición al especificar que

> chingar es hacer violencia sobre otro. Es un verbo masculino, activo, cruel: pica, hiere, desgarra, mancha. Y provoca una amarga, resentida satisfacción en el que lo ejecuta. Lo chingado es lo pasivo, lo inerte y abierto, por oposición a lo que chinga, que es lo activo, agresivo, cerrado. El chingón es el macho, el que abre. La chingada, la hembra, la pasividad pura, inerme ante el exterior. La relación entre ambos es violenta, determinada por el poder cínico del primero y la impotencia de la otra (65).

A nivel de relaciones sociales, las consecuencias de esta forma de percibir la vida, usando nuevamente las palabras de Paz, son las siguientes:

> La palabra chingar, con todas estas múltiples significaciones, define gran parte de nuestra vida y califica nuestras relaciones con el resto de nuestros amigos y compatriotas. Para el mexicano la vida es una posibilidad de chingar o ser chingado. Es decir de humillar, castigar y ofender. O a la inversa. Esta concepción de la vida social como combate engendra la división de la sociedad en fuertes y débiles (66).

Si tras leer estas palabras examinamos las relaciones que existen entre los personajes de la narrativa rulfiana, y las relaciones que establecen con el mundo en el que se mueven, podremos determinar la forma en que la definición de género sexual establece un orden jerárquico que permite a la mayoría de los hombres actuar como "chingones", mientras que las mujeres, y los hombres percibidos como los débiles, quedan sujetos a la sumisión y a la violencia, es decir, quedan abiertos a la posibilidad de ser "chingados". Podremos establecer, además, dos espacios sicológicos con los cuales los personajes rulfianos pueden ser asociados y que, a partir del lenguaje espacial empleado por Paz al definir su idea de la "chingada", definiré como de "exterioridad" y de "interioridad". El primero nos remite a los "chingones", quienes, como forma de relación con quienes los rodean, penetran, hieren, o desgarran, y cuyas acciones, por lo tanto, parecen realizarse desde un espacio exterior. Tales actos se ejecutan contra personajes capaces de ser penetrados, heridos, desgarrados, es decir, percibidos en relación a un espacio interior, y quienes habrán de definirse como los "chingados".

Entre los personajes que mayor claridad encarnan esta situación de subordinación y abuso se encuentran Dolores Preciado, primera esposa de Pedro Páramo, y su hijo, Juan Preciado. Este último, narrador inicial de la novela, es quien nos introduce a ese infierno que son las ruinas de Comala. Es necesario advertir que Juan llega enviado por su madre, quien le ha hecho prometer que irá a buscar a su padre, "un tal Pedro Páramo"[5]. El uso del apellido Preciado para el hijo del cacique de Comala es interesante en un contexto latinoamericano, ya que por ser hijo de matrimonio, le correspondería usar el de su padre. Sin embargo, el que tome Preciado nos sugiere que no

5. Juan Rulfo, *Pedro Páramo*. México: Fondo de Cultura Económica, 1993. Novena reimpresión. Todas las citas serán tomadas de esta edición y la página sera indicada por el número en paréntesis luego de la cita.

se le ha de identificar con el mundo del padre, sino con el de su madre, Dolores Preciado, y los recuerdos que la sostienen en su destierro: "Siempre vivió ella suspirando por Comala [nos dice su hijo]; por el retorno; pero jamás volvió. *Ahora yo vengo en su lugar*. Traigo los ojos con los que ella miró estas cosas, porque me dio sus ojos para ver..." (Las itálicas son mías.) (8). De Dolores, Juan recibe una visión idílica de Comala. En las palabras del hijo:

> Mi madre me decía que, en cuanto comenzaba a llover, todo se llenaba de luces y del color verde de los retoños. Me contaba cómo llegaba la marea de las nubes, cómo se echaban sobre la tierra y la descomponían cambiándole los colores... (84)

Esta realidad idílica, sin embargo, existe únicamente en la memoria de Dolores. Es decir, como una experiencia interior del personaje, aunque ella, al comunicarla a su hijo, se la haga real. Al llegar a Comala, el mundo que Juan confronta, resultado de las acciones que su padre ha tomado en contra del pueblo y de su gente, es la negación de los recuerdos de su madre. Para Juan, Comala habrá de ser un pueblo "sobre las brasas de la tierra, en la mera boca del infierno"(10). Y es esta contradicción, ese enfrentamiento con la realidad atroz de una Comala arrasada, lo que probablemente lo lleva a la muerte.

Si he comenzado esta discusión acerca de la forma en la que el género sexual queda inscrita en la obra del novelista mexicano con este personaje, es porque es él quien nos da entrada al mundo fantasmal de Comala, ya que es a través de sus ojos y de sus palabras que vamos percibiendo esas almas en pena y esos murmullos que al recorrer la novela la construyen. Además, es por los recuerdos que Juan, gracias a su madre, trae a su llegada al pueblo, que percibimos por primera vez la Comala edénica, anterior a Pedro Páramo y a la muerte de Susana San Juan, que, con Dolores, Pedro y Susana recuerdan con tanta intensidad. Como se verá más adelante, la confrontación entre el espacio interior –relacionado con las memoria recibidas de su madre– y el espacio exterior –que es la experiencia de una Comala destruida por su padre– coloca a Juan en una situación contradictoria que, al no poder resolver, le hará imposible sobrevivir después de volver al pueblo de sus padres.

Dolores, claramente, ha querido olvidar lo que fue su vida en Comala después de su boda con Pedro Páramo. Heredera de la Media Luna, una hacienda colindante con las propiedades de la familia Páramo, Dolores es la persona a quien Pedro, después de la muerte de su padre, debe la mayor cantidad de dinero. Para saldar esta deuda, el futuro amo de la Media Luna decide casarse con ella. En uno de los momentos más crueles de la novela, esta mujer, descrita como solterona y poco agraciada, se convierte en uno más de los seres "chingados" por Pedro Páramo. Dolores, al escuchar por boca de Fulgor Sedano, capataz y mensajero de Pedro, la solicitud de matrimonio que éste le hace, no se da cuenta de que, para él, la boda sólo representa una transacción económica y, conteniendo apenas su alegría, acepta sin titubear. Y, ante la insistencia de Sedano de que la boda tenga lugar al día siguiente, se ve obligada a solicitar un poco más de tiempo, ya que "hay algo para estos días. Cosas de mujeres, sabe usted... Me toca la luna"(51). Tal experiencia –la de la menstruación–, es totalmente incomprensible para Fulgor o para Pedro, o para la mayoría de los hombres en esta novela, quienes, como "chingones", mantienen fuera de la esfera de sus experiencias todo aquello que está asociado con las mujeres. Dentro de la visión agraria del mundo que predomina en la narrativa rulfiana, el cuerpo de la mujer y la tierra, concebidos como equivalentes, están supeditados a los ritmos de la naturaleza, de los cuales los cuerpos de los hombres parecen estar exentos. Por otra parte, como afirma Nicole Loraux, "al reducir a la mujer a imitar la tierra se le asign[a] una existencia completamente material que la predispondría a desempeñar, sin iniciativas, el papel de mero receptáculo, y abandonaría al hombre, sin combate alguno, al dominio del acto y del espíritu"[6]. Esta identificación permite, también, que los hombres se perciban como dueños, o expoliadores, no sólo de las tierras sino de las mujeres, quienes, por medio del matrimonio quedan sujetas legalmente a sus propietarios. El matrimonio resulta por lo tanto, no en la legalización de un vínculo que busca satisfacer el deseo sexual o la necesidad de compañía, sino en una forma más de apropiación, por medio de la cual los hombres pueden extender su control sobre las mujeres.

Lo que ocurre después del matrimonio es de esperarse. Dolores muy pronto llega a odiar a su esposo. Y, cuando a insistencia de Pedro, Dolores le comenta que quisiera visitar a su hermana, éste la obliga a empacar sus maletas y a abandonar la finca. De este viaje Dolores no volverá nunca, aunque, como ya se dijo, habrá de enviar a Juan con la siguiente recomendación: "El abandono en que nos tuvo, mi hijo, *cóbraselo caro*" (las itálicas en el original, 27). Juan, identificado con el mundo de su madre, en el que predomina la memoria de una Comala paradisíaca, nunca podrá satisfacer esa petición. Totalmente ajeno al mundo violento y despiadado de su padre, morirá al tener que confrontar esa Comala que, en su rabia, Pedro ha convertido en una región infernal.

Otros personaje que sugiere el papel que las mujeres tienen en la vida de Pedro Páramo es Eduviges Dyada, amiga íntima y confidente de Dolores, la primera persona con la que Juan se encuentra a su llegada a Comala. Esta, que a petición de Dolores la sustituyó en la cama matrimonial en su noche de

6. Nicole Loraux, "La Madre, la Tierra", *Figuras de la madre*. Silvia Turbet (ed.). Madrid: Ediciones Cátedra, 1996, p. 62.

bodas, le comenta al joven que, debido a tal sustitución, casi pudo haber sido su madre. El hecho de que Pedro no se llegue a dar cuenta de que esa noche tuvo relaciones con Eduviges y no con Dolores, hace claro el papel que para Pedro, las mujeres son únicamente objetos que él manipula según sus necesidades, y a quienes, por lo tanto, nunca llega a ver como individuos. Y aunque en su relación con los hombres Pedro Páramo no actúe en forma diferente –para él los hombres son también objetos que manipula a su capricho–, en el caso de las mujeres es su género el que las condena a un estado de objetivación y, por lo tanto, de servidumbre, percibida como natural por los personajes de la narrativa rulfiana.

La experiencia de la paternidad como una serie de obligaciones hacia el ser que se ha engendrado, dado el contexto de violencia y abuso que viven los personajes de Rulfo, es rechazada por los hombres que habitan estas historias. Así, por medio de la hermana de Eduviges nos enteramos que ella "sirvió siempre a sus semejantes. Les dio todo lo que tuvo. Hasta les dio un hijo, a todos. Y se los puso enfrente para que alguien lo reconociera como suyo; pero nadie lo quiso hacer"(41), sugiriéndose de esta manera que en este mundo, los hijos están condenados a ser rechazados por sus padres, recayendo en las madres todas las obligaciones asociadas con el cuidado de los hijos.

De todas las figuras paternas que encontramos en la narrativa rulfiana, sólo un padre ofrece apoyo a su hijo. Se trata del padre de "No oyes ladrar a los perros", uno de los cuentos incluidos en *El llano en llamas*[7], quien a pesar de reprocharle al hijo el que haya pagado mal los cuidados que recibió de niño, lo trata de salvar cuando, herido, está ya por morir. Sin embargo,

---

7. Juan Rulfo, "No oyes ladrar a los perros," *El llano en llamas*. México: Fondo de Cultura Económica, 1967, p. 145-150. Todas las referencias a éste y a los otros cuentos de Rulfo están tomadas de esta edición, con el número de página entre paréntesis.

le advierte: "Todo esto que hago, no lo hago por usted. Lo hago por su difunta madre... Ella me reconvendría si yo lo hubiera dejado tirado allí, donde lo encontré... Es ella la que me da ánimo, no usted"(148). De este modo, a pesar de que es muy claro que este hijo ha tomado un mal camino y, que a consecuencia de esto es que se halla herido de muerte, su padre sólo le reprocha, mientras lo acarrea en busca de un médico, el dolor que le ha causado a su madre. La tristeza y la frustración que este padre siente por el hijo descarriado se hace palpable en el largo monólogo que constituye la historia, y al que el hijo apenas si contesta de vez en cuando. Al final del cuento, el hijo ha muerto y el padre, que finalmente oye ladrar a los perros, le hace el último reproche: "¿Y tú no los oías Ignacio?... No me ayudaste ni siquiera con esta esperanza"(150). De esta manera, la posibilidad de establecer una relación entre padre e hijo, aún la más ténue, queda negada en los cuentos de Rulfo.

Miguel Páramo, otro de los hijos de Pedro Páramo, quien por su apellido y su carencia de "interioridad" puede percibirse como la figura opuesta de Juan Preciado, es el que más se le parece al cacique de Comala. A diferencia de Fulgor Sedano, capataz de Pedro y quien, como su hombre de confianza, siempre actúa bajo las órdenes de su patrón, Miguel no está subordinado a la voluntad de nadie, ni siquiera a la de su padre. Además, sus desmanes no parecen ir más allá de la satisfacción inmediata de sus deseos, ya que Miguel en ningún momento busca establecer ventajas económicas, políticas o sociales. En esto, como veremos más adelante, se parece a Susana San Juan.

Por su violencia y sus excesos, Miguel se asemeja también a Pedro Zamora, el personaje principal del cuento que da título a *El llano en llamas*. Sin embargo, Miguel Páramo, dentro de la novela, mantiene un papel que colinda en lo infantil ya que no sólo rechaza toda responsabilidad para con quienes convive, sino que, como hijo del patrón, depende de su padre para satisfacer sus necesidades materiales. Zamora, en cambio, actúa como un padre para con sus hombres.

En "El llano en llamas", tal vez la historia más sobrecogedora de toda la narrativa rulfiana, encontramos a un grupo de revolucionarios bajo las órdenes de Zamora, uno de los tantos caudillos de la época. Metidos a la revolución, no por razones políticas, sino porque la violencia del momento histórico los ha arrastrado a convertirse en "revolucionarios", estos hombres son incapaces de entender por qué o para qué luchan y lo único que los une, además de la violencia, es su adhesión al jefe. Las razones para tal adhesión las expresa el narrador cuando dice:

> Todavía veo a Pedro Zamora con su cobija solferina enrollada en los hombros cuidando que ninguno quedara rezagado... Sí, él nos cuidaba... Nos contaba uno en uno, como si estuviera contando dinero... por eso todos, sin quejarnos del frío ni del sueño que hacía, callados, lo seguíamos como si estuviéramos ciegos. (94)

No obstante, tras el aspecto paternal de Zamora, expresado en forma aparentemente inocente por el narrador no como relación emocional sino como acumulación de capital, existe también un lado sádico, el cual demuestra en su gusto a "jugar a los toros". El juego consiste en ejecutar a sus prisioneros en una especie de corral, con un verduguillo, como si él fuera un toro y ellos los toreros que trataran de escapar de su pitón. (91-93) Es obvio que no se trata aquí de ajusticiar enemigos, sino de expresar por medio de una crueldad sádica el poder de "chingar" que él, como vencedor, ha adquirido sobre quienes, a causa de la guerra, son sus prisioneros y están, por lo tanto, a su merced.

La semejanza que existe entre Pedro Páramo y su hijo Miguel refleja además la que hay entre Pedro Zamora y su hijo –nótese no sólo el nombre en común que llevan los padres, sino la forma en que los hijos heredan la maldad de sus progenitores–. Así, al final del cuento, Zamora, quien ha sido encarcelado por, entre otras cosas, "la mala costumbre que yo tenía de robar muchachas"(99), sale de la prisión. Frente a la cárcel lo espera una de las tantas muchachas raptadas por él, la más rebelde, según Zamora. Al lado de ella está un niño, a quién la muchacha ordena quitarse el sombrero para que su padre pueda verle la cara. Viéndolo por primera vez, las palabras de Zamora son las siguientes: "Era igualito a mí y con algo de maldad en la mirada. Algo de eso tenía que haber sacado de su padre"(100). En ambas historias, los hijos varones heredan la maldad de los padres, quienes sólo pueden ofrecer a sus vástagos su crueldad y la necesidad de dominar y zaherir a quienes les rodean.

Mientras que en el mundo narrativo de Rulfo, el mundo de los hombres se caracteriza por la violencia que ellos ejercen sobre los demás, la vida de las mujeres se limita al aspecto sexual de su experiencia –véase éste como expresión de deseo o como la consecuencia que la satisfacción de tal deseo representa, y que para estas mujeres significa, en la mayoría de los casos, un embarazo y la maternidad y, a menudo, la muerte.

Ejemplo de lo que constituye ser madre en el mundo narrativo de Rulfo son Matilde en "La herencia de Matilde Arcángel", otra de las historias de *El llano en llamas* (161-170), o Refugio en *Pedro Páramo* (156). La primera muere al dar a luz, y la segunda fallece poco después de la muerte del hijo a quien acaba de dar a luz. Para ellas, la experiencia de placer sexual está reñida con su función de madres. Para ambas, la posibilidad de que sus cuerpos puedan ser instrumentos de placer queda rechazada.

Un aspecto diferente de la maternidad aparece en la memoria que de su madre posee Susana San Juan y en la relación entre la muchacha y Justina Díaz, su nana. Para la joven, ambas mujeres representan el cuerpo maternal que es capaz de ofrecer placer y seguridad. Aún después de la muerte de su madre,

Susana la seguirá recordando como fuente de abundancia: "... su pecho muerto; su viejo pecho amoroso sobre el que dormí en un tiempo y que me dio de comer y que palpitó para arrullar mis sueños"(99).

Es por la Cuarraca, a quien se discutirá más adelante, que nos enteramos de algunos detalles de la historia de la madre de Susana, cuyo nombre no llegamos a conocer y que se mantiene así en el espacio informe de lo innombrable: "Ahora recuerdo que ella [Susana] nació aquí. Y sí, su madre murió de la tisis. Era una señora muy rara que siempre estuvo enferma y no visitaba a nadie"(101). De este modo, al igual que Juan Preciado, Susana queda identificada con el mundo de su madre. Como ella, Susana es también rara. Ambas rechazan la sociedad humana y parecen estar condenadas a la soledad. Susana, sin embargo, transforma su soledad en la afirmación de un mundo propio, ese que niega la realidad social que la rodea. También es posible ver en la relación que existe entre Susana y su madre la posible continuidad de una resistencia que, en múltiples formas, las mujeres ofrecen ante las imposiciones masculinas. Si, como hemos visto, los padres sólo pueden dejar a sus hijos como herencia su maldad, en el caso de Susana, la madre le ha dejado el recuerdo de su cuerpo, el cual la muchacha no sólo experimenta como fuente de placer, sino como lugar de refugio. Sin embargo, a ninguno de los personajes masculinos les es dada tal experiencia. Es tal vez por eso que Pedro Páramo necesita del amor de Susana, es decir, de su cuerpo, para recobrar ese paraíso que el asocia con su niñez.

Justina Díaz, nana de Susana, es para la joven, como ya se dijo, una extensión de su madre. Es ella también quien, a pesar de afirmar durante sus diálogos con Susana el hecho de que la muchacha está loca, justifica como algo real, aunque sobrenatural, las percepciones de este personaje. Justina valida de este modo el mundo que Susana ha creado con sus recuerdos y/o sus fantasías. Es decir que confirma esas experiencias que, sin tal confirmación, no pasarían de ser entendidas por los lectores como las invenciones fantasiosas de alguien que ha perdido contacto con la realidad cotidiana.

Otra mujer identificada con el papel de la madre, según éste queda definido en el mundo rulfiano, es Dorotea, la Cuarraca. Esta limosnera loca que vaga por el pueblo acarreando un molote al que arrulla como si fuera un hijo, y que ha sido conseguidora de Miguel Páramo, parece encarnar la dicotomía que caracteriza a la mayoría de las mujeres rulfianas. Tal división implica la negación de la mujer como sujeto de su propia sexualidad, y la idealización de su papel como madre. En las palabras de Dorotea: "En el cielo me dijeron que se habían equivocado conmigo. Que me habían dado un corazón de madre, pero un seno de una cualquiera"(78). Loca como Susana, su locura la lleva a confirmar el sistema ideológico misógino que gobierna a los personajes de la novela.

En la Cuarraca tenemos, además, un personaje que participa de los dos arquetipos opuestos que, de acuerdo a Luis Leal[8], son centrales a la literatura mexicana: el de la madre y el de la mala mujer. Confrontada con esta oposición, irreconciliable según los cánones de la literatura mexicana, y amenazada por el sacerdote del pueblo con el infierno para toda la eternidad, Dorotea busca refugiarse en su locura. Sin embargo, para ella no hay ninguna esperanza, ni siquiera la de un posible perdón de sus pecados y, por lo tanto, la de un lugar en la gloria. La locura de Dorotea, en oposición a la de Susana, confirma las creencias por las que se rigen los habitantes de Comala, producto de una moral impuesta por la religión y la tradición. Por otro lado, la Cuarraca se asemeja a Juan Preciado, en cuyos brazos, irónica-

8. Luis Leal, "Female Archetypes in Mexican Literature", en *Women in Hispanic Literature: Icons and Fallen Idols.* Beth Miller (ed.). California: University of California Press, Berkeley and Los Angeles, 1983, p. 227-242.

mente, termina descansando su cadáver, en una posición que nos recuerda en mucho a la de Susana protegida por los brazos de su madre; "Me enterraron en tu misma sepultura y cupe muy bien en el hueco de tus brazos. Aquí en este rincón donde me tienes ahora. Sólo se me ocurre que debería ser yo la que te tuviera abrazado a ti"(79). Si la Cuarraca fuera una madre verdadera y Juan no hubiera permanecido como una extensión de su madre, la situación de ambos en la tumba habría de ser necesariamente diferente. Sin embargo, la postura en la que quedan confirma el aspecto "maternal" de Juan y la desvalidez infantil a la que la locura ha condenado a Dorotea.

La división que caracteriza a estas mujeres, condenadas a no poder armonizar su papel de madre, es decir, de proveedoras del alimento y cuidado de sus hijos, con sus experiencias como criaturas sexuales, aparece también en los cuentos de *El llano en llamas*. En esta colección, la esposa del narrador de "Paso del Norte"(131-139), a quien su marido ha dejado con el padre de él cuando se ve obligado a partir en busca de trabajo, abandona a sus hijos para irse con un arriero, no pudiendo, aparentemente, reconciliar su necesidad de amor con su papel de madre. También en la caracterización de las mujeres que aparecen en "Anacleto Morones"(171-190), otro cuento de la colección, encontramos la misma separación entre la experiencia de la maternidad y la satisfacción de los deseos sexuales. En esta historia, todas las mujeres han sido amantes de Anacleto, el Santo Niño, y todas han permanecido solteras. Dos de ellas, que han quedado embarazadas, viven ahora separadas de sus hijos. Una "desfajando pantalones" según el narrador (134) y la otra de beata, después de haber abortado a su hijo.

Por otro lado, aún sin llegar a dar a luz, algunas mujeres se ven obligadas a funcionar como madres. Así, Damiana Cisneros, en *Pedro Páramo*, tras haber rechazado –por temor, ya que es demasiado joven– los requerimientos de Pedro Páramo, llega a convertirse en su empleada de confianza. Como tal, es la encargada de criar a Miguel Páramo, después de que el Padre Rentería, cura del pueblo, lo lleva a la hacienda. El sacerdote lo entrega a Pedro puesto que la madre del niño, una de las tantas mujeres que ha sido objeto de abuso por parte del amo de la Media Luna, muere al darlo a luz. De esta manera, a pesar de ser soltera, y de que aparentemente se ha mantenido virgen, Damiana actúa como una figura materna más dentro de la novela, ya que su vida queda supeditada a la crianza del hijo que más se le parece al amo de la hacienda.

El papel que desempeña la madre de Pedro Páramo dentro de la historia, es, como se verá en seguida, de gran ambigüedad. De nuevo, como en el caso de Susana, lo que llegamos a saber de ella nos llega como parte de los recuerdos del hijo. La primera vez que aparece la encontramos arrancándolo del ensueño que lo consume, y en el que la imagen de Susana es central, para pedirle que ayude con las labores de la casa. Es decir, obligándole a abandonar su mundo interior para incorporarse al mundo de la vida diaria, es decir, al de la "exterioridad". Más adelante, durante una noche en la que él escucha la lluvia, después de que las mujeres terminan con sus rezos, aparece ella de nuevo, esta vez en el umbral de una puerta: "Allí estaba su madre en el umbral de la puerta, con una vela en la mano. Su sombra descorrida hacia el techo, larga, desdoblada. Y las vigas del techo la devolvían en pedazos, despedazada" (22). Colocada en el umbral, la madre queda situada en un espacio localizado entre el mundo del niño y el de los adultos, entre la "interioridad" y la "exterioridad" de Pedro Páramo. Esa "interioridad" se habrá de asociar en su madurez con la imagen de Susana San Juan, mientras que la "exterioridad" se habrá de convertir en un ámbito de violencia, con el que él terminará identificándose como consecuencia del asesinato de su padre y de la imposibilidad de satisfacer el deseo que experimenta por Susana.

Quiero detenerme ahora en la figura de la madre fragmentada por la luz, ya que aparece de nuevo cuando su hijo la recuerda, ahogada por los sollozos, al enterarse de que su esposo, el padre de Pedro, ha muerto:

> Se levantó despacio y vio la cara de una mujer recostada contra el marco de una puerta, oscurecida todavía por la noche, sollozando... Y aquí, aquella mujer, de pie en el umbral; su cuerpo impidiendo la llegada del día; dejando asomar, a través de sus brazos, retazos de cielo, y debajo de sus pies regueros de luz; una luz asperjada como si el suelo debajo de ella estuviera anegado en lágrimas. (33-34)

El hecho de que Pedro la perciba como "impidiendo la llegada del día", nos sugiere la posibilidad de que la función de la madre para el niño sea la de evitar que la oscuridad, asociada con sueño y, por lo tanto, con la memoria y la fantasía, sea interrumpida por la luz, lo que implicaría la llegada del mundo cotidiano, siempre lleno de violencia, representado para él, como se ha sugerido, por la muerte de su padre.

> Vino hasta su memoria la muerte de su padre... Y a una mujer conteniendo el llanto, recostada contra la puerta. Una madre de la que él ya se había olvidado y olvidado muchas veces diciéndole: "¡Han matado a tu padre!" Con aquella voz quebrada, deshecha, sólo unida por un hilo de sollozos. (86)

El aspecto fragmentado que Pedro guarda de su madre –para él se trata de una imagen visual asociada con el llanto y con la muerte del padre–, se opone a la memoria que Susana guarda de la suya –experimentada como fuente de placer y protección–. Al final de la novela, al acercarse el momento de su muerte, Pedro también sufre una fragmentación similar a la que ha caracterizado su memoria de la madre: "Sintió que su mano izquierda, al querer levantarse, caía muerta sobre sus rodillas... Estaba acostumbrado a ver morir cada día alguno de sus pedazos"(157). Es como si, con la muerte, se estableciera una identificación entre él y los recuerdos que tiene de ella. Así, los últimos párrafos de la novela se mueven entre las experiencias internas de Pedro, expresadas por medio de un monólogo interno, y la descripción de Comala y de la muerte del cacique, expuestas por la voz de un narrador que va describiendo no sólo la realidad circundante sino también lo que le va sucediendo al moribundo: "Después de unos cuantos pasos cayó, suplicando por dentro; pero sin decir una sola palabra. Dio un golpe seco contra la tierra y se fue desmoronando como si fuera un montón de piedras"(159). Aquí, ya pura exterioridad, el cuerpo de Pedro Páramo se derrumba, disgregándose como se ha disgregado su vida, carente ya del hilo de la memoria que, hasta ese momento, le ha dado profundidad y sentido.

En las historias de *El llano en llamas* también encontramos ese tipo de mujer que, como Eduviges Dyada y su hermana María en *Pedro Páramo,* está condenada a sufrir no sólo la violencia de los hombres, sino la que la vida misma parece desatar contra ellas. Ejemplos de este tipo de mujeres son la muchacha que, raptada por Zamora, lo espera a la salida de la cárcel, o las mujeres de "Luvina"(112-124), otra de las historias en el libro. Todas, en su desamparo, están condenadas a dar a luz hijos para quienes la posibilidad de un mundo feliz está, desde antes de su nacimiento, vedada. Como escribe Luis Harss: "[l]o que una generación puede transmitirle a la siguiente es un poco más que una impotencia secular. Los jóvenes eternamente desheredados, son arrojados al mundo indefensos, para arreglárselas como puedan. Los que tienen vigor y ánimo se defienden. Los otros se marchitan"[9]. La diferencia que existe entre Juan Preciado y Miguel Páramo, ambos "hijos de la chingada", queda de este modo claramente expresada.

Los límites que marcan el mundo de las mujeres en la narrativa rulfiana se perciben gracias al personaje de Damiana Cisneros. Ese mundo, en el que las luchas sociales o políticas carecen de lugar o de importancia y en el que el único espacio que pueden habitar es el que existe detrás de las puertas de la casa de la familia a la que pertenecen, subrayándose de este modo la identificación de las mujeres con espacios interiores. Este hecho queda ilustrado por la escena en la que Damiana, una noche, oye a un grupo de revolucionarios llegar a la hacienda. Escuchando la gritería, ella prefiere no darse por enterada, limitándose a comentar al cerrar su ventana: "Son cosas que a mí no me interesan"(137). La realidad política o social dentro de estas narraciones pertenecen a la esfera de la "exterioridad", es decir, al mundo de los hombres, el cual, jamás está desligado de la violencia.

Dentro de la esfera de resistencia que se puede ofrecer a los valores que gobiernan las historias de Rulfo, es decir a la violencia endémica que sufren sus personajes, se encuentra Ana Rentería, sobrina del cura del pueblo, quien es violada por Miguel Páramo. En muchos aspectos, Ana parece encarnar el ideal de la mujer cristiana que confronta el mundo violento y despiadado de Comala con la fe y la inocencia que definen la figura del Jesús de los evangelios. Por su fe y su inocencia, Ana se opone a las beatas que encontramos en otras partes de la novela y en las historias de Rulfo, especialmente en la de "Anacleto Morones", quienes tienen más de hipócritas que de verdaderas creyentes.

Para el padre Rentería, su sobrina es una criatura apocada, lo cual queda confirmado en un diálogo que sostienen ambos

9. Luis Harss, "Juan Rulfo o la pena sin nombre", *Los nuestros*. Buenos Aires: Editorial Sudamericana, 1959, p. 321.

después de la muerte de Miguel Páramo. En esta conversación, el sacerdote hace que Ana confronte su reacción ante la visita que Miguel, asesino del padre de la muchacha, le hace una noche. A pesar de que sabía de quien se trataba, la muchacha no ha hecho nada para detenerlo. Dentro del contexto religioso de la conversación –se trata de un diálogo con el sacerdote del pueblo–, Miguel adquiere una presencia casi diabólica. La joven, ignorante del poder de quien busca corromperla, es, a cierto nivel, incapaz de resistir y cede a la seducción de sus palabras. Sin embargo, la inocencia de la joven no es, en ninguna forma, mancillada:

> Me dijo que precisamente a eso venía: a pedirme disculpas y a que yo lo perdonara. Sin moverme de la cama le avisé: "La ventana está abierta." Y él entró. Llegó abrazándome, como si esa fuera la forma de disculparse por lo que había hecho. Y yo le sonreí. Pensé en lo que usted me había enseñado: que nunca hay que odiar a nadie. (37)

Es necesario subrayar esa exaltación del valor cristiano del perdón incondicional al que Ana hace referencia ya que éste, como la locura de Susana, separa a la joven del mundo despiadado que la rodea. Es tal vez en estas actitudes encarnadas por Susana y por Ana –de nuevo los nombres sugieren la semejanza que existe entre estas mujeres–, que existe la única posibilidad de fundar una realidad diferente, más humana y en la que la oposición chingada/ chingón, fuerte/débil, quedase si no anulada, al menos transformada. Ambas actitudes rechazan el orden patriarcal que gobierna a los otros personajes de la narrativa rulfiana. Sin embargo, como veremos ahora, la joven también ha rogado a los santos que castiguen al hijo de Pedro Páramo: "Sé que ahora debe estar en lo mero hondo del infierno; porque así se lo he pedido a todos los santos con todo mi fervor"(38). De este modo, Ana ofrece la otra única posible respuesta, en contraposición a la que ofrece Susana, a la crueldad y a la injusticia que las acciones de Pedro, y quienes actúan como él, traen al pueblo. Apoyándose en una fe religiosa que rechaza todo provecho personal o social y que se remite a una visión crística de las relaciones humanas, Ana sólo puede solicitar justicia a un poder que, por definición, está más allá de este mundo y del control de hombres y de mujeres: el poder de un Dios misterioso cuyos designios habrán de ser siempre incomprensibles e inexplicables.

Una de las figuras más difíciles de comprender en la novela, es la de la mujer en cuya casa Juan Preciado duerme una noche, invitado por el hombre con quien ella vive. Durante el término de la noche, nos enteramos de que se trata de una pareja de hermanos y de que, violada por su hermano, la mujer se ve obligada a vivir con él como pareja. Existiendo en una situación a la que ha sido forzada y, por lo tanto, condenada a experimentar una culpa de la que es inocente, esta mujer representa la experiencia extrema de las mujeres rulfianas. Como se ha comentado con anterioridad al citar a Befino Boschi, este personaje no sólo se encuentra expulsado de su tierra, sino que vive, además, sintiéndose culpable por la violencia a la que se le ha sometido, y de la que ella no es responsable.

Es posible establecer una similitud entre la situación que vive esta mujer y la de Juan Preciado, ya que ambos confrontan una sociedad que ha establecido una contraposición jerárquica entre sus miembros, justificando la violencia que los fuertes ejercen en contra de los débiles, culpándolos al mismo tiempo por los desmanes que se cometen en su contra. O, en las palabras empleadas por Paz en su ensayo, exaltando a los "chingones" y devaluando a los "chingados". En el caso de esta mujer anónima, el simple hecho de ser mujer la condena a los desmanes que los hombres –en este caso su hermano– quieran cometer contra ella. En el caso de Juan Preciado, el hecho de permanecer identificado con el mundo de la madre, es decir, con el mundo de las mujeres, hace imposible su supervivencia. Además, ambos personajes, incapaces de resistir la violencia que les rodea y que los "chingones" dirigen contra ellos, son percibidos como merecedores, no sólo de los abusos, sino de la explotación a la que estos los sujetan. El concepto de respeto o justicia social, dado los valores que rigen al mundo rulfiano, es impensable.

Fuera de este mundo construido sobre la oposición entre "chingones" y "chingados", se encuentra Susana San Juan, la mujer que obsesiona a Pedro Páramo y a quien éste nunca llega a poseer, ni física ni emocionalmente. Afirmando su independencia a través de la locura[10], Susana representa el rechazo a toda imposición del orden patriarcal, lo cual se verá al estudiar sus relaciones con los otros personajes de la novela. Para ella, la realidad es ese sueño al que se abandona día y noche, y en el que lo único que posee importancia es el placer que encuentra en el recuerdo de Florencio, su esposo ya muerto. El cuerpo de Susana, a diferencia del de las otras mujeres en la novela, le pertenece a ella totalmente, ya que no está al servicio de ningún hombre: ni como madre, ni como esposa, ni como empleada. Y si su padre insiste en definirla, como se verá más adelante, como su hija, ella también subvierte este papel, cargándolo de un erotismo ambiguo y retador.

Cuando la encontramos en la novela, es a través de los ojos de Pedro Páramo, quien la evoca en fragmentos llenos de ternu-

---

10. Uso aquí la palabra "locura" en el sentido que Silvia Turbet da al término "libertina", cuando discute la figura de Jimena en el drama *El Cid* de Corneille. Para ella, la libertina es una "figura alegórica de la autonomía del yo... puesto que está virtualmente desligada de todo vínculo, ya sea familiar, político o religioso, y se toma como un fin en sí mismo." Silvia Turbet, "Introducción", *Figuras del padre*. Madrid: Editorial Cátedra, 1997, p. 17.

ra. Para él, la Comala de su niñez es, gracias a la presencia de Susana, una región edénica, en la que la lluvia y el viento se combinan para reflejar la presencia de esa niña a la que él, también niño, ama: "Pensaba en ti Susana. En las lomas verdes. Cuando volábamos papalotes en la época del aire... El aire nos hacía reír; juntaba la mirada de nuestros ojos, mientras el hilo corría entre los dedos detrás del viento... Tus labios estaban mojados como si los hubiera besado el rocío"(18). Es este aspecto de su vida, el mantener viva la memoria de su niñez como un espacio de plenitud, el que le da la riqueza emocional que posee el personaje de Pedro Páramo y, desde el punto de vista de género, lo coloca en un espacio ambiguo, ya que lo identifica con su madre. Si como hombre adulto sólo puede relacionarse con quienes lo rodean a través del abuso y la explotación, en su aspecto infantil, el cual jamás muestra pero que experimenta en su deseo por Susana, es capaz de una gran ternura. Es esto tal vez lo que lo separa radicalmente de su hijo Miguel y de Pedro Zamora, quienes, incapaces de experimentar el amor o la ternura, jamás llegan a mostrar un mundo interno que los enriquezca.

Los recuerdos que Susana tiene de sus primeros años son similares a los de Pedro, aunque en las imágenes que los configuran aparecen elementos que sugieren un tormento interior ausente de los de aquél. Además, en esos recuerdos, Pedro jamás está presente:

> El viento bajaba de las montañas en las mañanas de febrero. Y las nubes se quedaban allá arriba en espera de que el tiempo bueno las hiciera bajar al valle; mientras tanto dejaban vacío el cielo azul, dejaban que la luz cayera en el juego del viento haciendo círculos sobre la tierra, removiendo el polvo y batiendo las ramas de los naranjos. (98)

Para ella, este tiempo se asocia con la muerte de su madre, hecho que, a su vez, Susana relaciona con el inicio de su desarrollo sexual: "En mis piernas comenzaba a crecer el vello entre las venas y mis manos temblaban tibias al tocar mis senos"(98). Así, a la pérdida de quien la ha arrullado y protegido con sus brazos, se mezcla una alegría erótica e infantil en la que las sensaciones del cuerpo niegan el dolor de la separación: "Que yo debía haber gritado; que mis manos tenían que haberse hecho pedazos estrujando su desesperación. Así hubieras tú querido que fuera. ¿Pero acaso no era alegre aquella mañana?"(98) La visión que Susana tiene del cuerpo se hace patente cuando, al confrontar el cadáver de su madre, la joven le ordena a su aya: "Vámonos, Justina, ella está en otra parte, aquí no hay más que una cosa muerta"(100). Para este personaje, el cuerpo es apenas un objeto material que únicamente adquiere sentido al ser animado por un "alma". Son almas como ésa que ha abandonado el cuerpo de la madre de Susana las que, en busca de paz o de perdón, vagan ahora por Comala, y a las que se enfrenta Juan Preciado al llegar al pueblo.

Al mismo tiempo, las palabras que Susana usa para describir el cadáver de su madre podrían aplicarse a ella misma, ausente ya de su cuerpo y viviendo en algún otro lugar. Como lo entiende Violeta Peralta: "[Susana] en su locura ha traspasado los límites que separan la vida de la muerte, las sábanas entre las que se retuerce son ya su sepultura"[11]. Susana, en ese sentido, ya no es un personaje de este mundo. Es por eso que su padre puede afirmar, aún antes de que ambos vuelvan a Comala: "Le he dicho [a Pedro Páramo] que tú, aunque viuda, sigues viviendo con tu marido"(108). Como Florencio, Susana está muerta para este mundo, aunque en su interioridad, ha creado otro mundo, configurado para la satisfacción de sus deseos.

11. Violeta Peralta, "El hombre como signo en la narrativa de Juan Rulfo", en *Rulfo: La soledad creadora*, p. 68.

La relación de Susana con su padre es también compleja y confusa. Es en las palabras de Fulgor Sedano, quien le reporta a Pedro la llegada de Bartolomé San Juan al pueblo, en donde notamos por primera vez las tensiones que existen entre el padre y la hija:

> –¿Han venido los dos? [pregunta Pedro Páramo]
> –Sí, él y su mujer. ¿Pero cómo lo sabe?
> –¿No será su hija?
> –Pues por el modo como la trata más bien parece su mujer.(105)

La misma ambigüedad queda expresada en un diálogo que sostiene Bartolomé con Susana, ambigüedad que nace de la forma en la que Susana habla a su padre:

> ¿De manera que estás dispuesta a acostarte con él [Pedro Páramo]?
> –Sí, Bartolomé.
> –¿No sabes que es casado y que ha tenido infinidad de mujeres?
> –Sí Bartolomé.
> –No me digas Bartolomé ¡Soy tu padre! (108)

El sistema patriarcal, que en esta sociedad impone una relación jerárquica y de propiedad entre el padre y los hijos, justifica el tipo de dependencia en la relación que Bartolomé busca mantener con su hija. Así, más tarde, al confrontar a una Susana que trata de definir su relación con Pedro, quien la desea como esposa, a la pregunta que ella le hace: "¿Y quién soy yo?", Bartolomé sólo puede responderle: "Tú eres mi hija. Mía. Hija de Bartolomé San Juan"(108).

Relacionada con el padre existe una memoria traumática que parece dramatizar ese descenso a la interioridad que da sentido al mundo de Susana. Obligada por Bartolomé, que es minero, la joven, aún niña, desciende, colgada de un lazo, al pozo de una mina. Allí se espera que encuentre un tesoro escondido. Ella, sin embargo, sólo encuentra la muerte en forma de un esqueleto que se le deshace entre las manos: "Entonces ella no supo de ella, sino muchos días después entre el hielo, entre las miradas llenas de hielo de su padre" (117). Años después, ya en la Media Luna, al recordar este episodio, Susana ríe pues comprende que ese esqueleto era, aún en esa época, el de su padre.

Esta capacidad para derrumbar el tiempo en una especie de caos en donde el presente y el pasado coexisten, producto de su locura, diferencia a Susana del resto de los personajes de la novela y de los cuentos escritos por Rulfo. Para todos ellos, a pesar de la construcción no lineal de la novela y de algunos de los cuentos, el pasado existe dentro de una progresión que los obliga a recordar sus historias sin perder el sentido de que ciertos hechos han ocurrido "antes" mientras que otros suceden ahora o "después". Susana, al contrario, parece vivir en un eterno presente en el que todo ocurre al mismo tiempo: los momentos de amor con Florencio, su descenso al pozo de la mina, las confrontaciones con Bartolomé, su padre, los recuerdos en los que evoca el cuerpo de la madre, las conversaciones con Justina, etc.

Curiosamente, entre Susana San Juan y Juan Preciado, existen muchos puntos en común, siendo el más importante la aparición del nombre Juan como parte de sus patronímicos[12].

12. Agradezco a Ileana Ordoñez el que me haya señalado esta relación. Ella también sugiere una lectura bíblica para los nombres de los personajes principales de la novela. Para ella, el nombre de Juan Preciado lo identifica con el discípulo favorito de Jesús, quien desde la cruz lo declaró hijo de la Virgen María (Juan 19: 26-27). Esta declaración confirmaría el hecho de que, como hijo de una virgen, carece de padre. En el caso de Susana, el apellido

Otro hecho es el que sus apellidos los identifiquen con uno de sus progenitores –él con su madre, ella con su padre–, estableciéndose de este modo una relación simbólica entre ambos. Sin embargo, es necesario subrayar las grandes diferencias que los separan. Susana, identificada en cuanto mujer con una naturaleza dominada por los hombres, al afirmar su deseo e interpretar su vida en términos absolutamente personales, ha sido capaz de elaborar su propia historia. Juan, entre tanto, ha sido incapaz de afirmarse como sujeto. Limitándose a seguir las órdenes de su madre, reitera sin modificación alguna las memorias que de ella ha recibido, manteniendo su papel de dependencia para con ella. Es decir que, mientras Susana logra convertirse en sujeto autónomo, Juan permanece en su papel de hijo, y no llega a alcanzar tal autonomía.

Y aunque la historia que Susana busca recordar obsesivamente es la de un amor carnal en la que el tiempo, y las realidades de la Historia, quedan anuladas, en eso Pedro Páramo no se diferencia mucho de ella. El también insiste en afirmar la memoria de un amor, que él sitúa en la infancia, negando así el aspecto sexual que Susana afirma. Y si Susana encuentra su realidad total y define su verdad en la elaboración de la historia de ese amor, en la que su esposo, ya muerto, carece de voz, Pedro también busca su verdad en la historia de una niñez compartida con Susana, pero que ella, en su locura, parece haber olvidado y, por lo tanto, es incapaz de afirmar o rechazar. Ambos, en su papel de criaturas enamoradas, se definen, pues, por su pasión y por la búsqueda de una satisfacción absoluta en la unión amorosa. Susana, sin embargo, no depende de nadie para crear su mundo erótico, mientras que Pedro depende de la participación de Susana para alcanzarlo. Ella inventa su placer, definiéndolo y expresándolo más allá de toda imposición social, impo-

---

San Juan la identifica con el mismo discípulo, pero en su papel de visionario. Se trataría entonces de San Juan, el autor de *El apocalipsis*.

sición que pudiera enjuiciarla y condenarla. Ni las normas de la sociedad pueblerina, ni los castigos aterradores con los que la amenaza el padre Rentería, ni el dominio que busca imponerle su padre, logran doblegar la afirmación que ella hace de su cuerpo, "amado y acariciado en otro tiempo, [y] que sus recuerdos actualizan y asocian con la sacralidad purificadora del mar"[13]. La locura para ella es, pues, ese espacio que le permite recobrar la inocencia paradisíaca de la carne:

> Es posible marcar en la relación Susana-Florencio una diferencia notable con respecto de los otros amores... [puesto que] no genera en Susana la culpa injustificable, ni requiere el perdón por el que todas las demás mujeres claman: Eduviges, Dorotea, la mujer sin nombre... ya que Susana por medio de su "locura" ha logrado traspasar el umbral de la realidad básica... Su amor carnal y humano interpolado en el plano del sueño se convierte en su "camino" para alcanzar otros niveles[14].

Si el proyecto amoroso de Pedro, como el de Heathcliff en Wuthering Heights –la novela de Charlote Brönte–, es el de recobrar la niñez por medio de su amor por Susana, el de ella es el de recobrar esa sexualidad inocente que, de acuerdo al surrealismo, sólo es posible alcanzar en las formas del amor pasional[15]. En las palabras de Lilia Osorio: "Uno y otro [Pedro y Heathcliff –aunque también es posible incluir a Susana, pero con un sentido diferente]– persiguen el erotismo con un sentido más violento que el deseo de los cuerpos, y se comprometen en el sufrimiento, puesto que, en el fondo, emprenden la bús-

13. Peralta, *op. cit.* p. 68.

14. Befumo Boschi, *op. cit.* p. 232.

15. Véase Xavier Gauthier, *Surréalisme et sexualité*. París: Editions Gallimard, 1971; especialmente la sección titulada "Sexualité Libre", p. 195-202.

queda de un imposible: el regreso a la infancia"[16].

La muerte de Susana se puede concebir, ante todo, como una vuelta al estado prenatal, es decir, a un estado totalizante en el que la conciencia individual queda anulada y que, en la novela, está expresado por medio de la imagen de la noche: "Después sintió que la cabeza se le clavaba en el vientre. Trató de separar el vientre de su cabeza; de hacer a un lado aquel vientre que le apretaba los ojos y le cortaba la respiración; pero cada vez se volcaba más como si se hundiera en la noche"(147). El deseo de recobrar la experiencia de un cuerpo compartido, representado en su niñez por el cuerpo materno y más tarde por el cuerpo de Florencio, ha atormentado a Susana desde que el personaje inicia su monólogo en la novela "Entonces yo dormía a su lado [de la madre], en un lugarcito que ella me hacía debajo de sus brazos. Creo sentir todavía el golpe pausado de su respiración; las palpitaciones y suspiros con que ella arrullaba mi sueño"(97). Es en este sentido que se ha de interpretar su necesidad de volver a la vivencia del mar: "El mar moja mis tobillos y se va; moja mis rodillas, mis muslos; rodea mi cintura con su brazo suave, da vuelta sobre mis senos; se abraza de mi cuello; aprieta mis hombros. Entonces me hundo en él, entera. Me entrego a él en su fuerte batir, en su suave poseer, sin dejar pedazo"(123). Esta erotización del mundo, de la que ella ha hecho partícipe a Florencio, es algo a lo que Pedro parece resistirse. Tal erotización permite a esos personajes rechazar el papel que les ha asignado el orden patriarcal, y definir sus relaciones en forma radicalmente diferente. Y mientras que para el cacique de Comala el mundo que lo rodea es tan sólo objeto de manipulación y/o de posesión, para Florencio, en la memoria de Susana, es objeto de placer. Tal y como ella lo recuerda: "–En

16. Lilia Osorio, "Dos acercamientos a Pedro Páramo", en *Juan Rulfo: Un mosaico crítico*. México: Universidad Autónoma de México, Universidad de Guadalajara, Instituto de Bellas Artes, 1988, p. 163.

el mar sólo me sé bañar desnuda– le dije. Y él me siguió el primer día, desnudo también, fosforescente al salir del mar"(123). Y si Florencio habrá de sentirse solo después de este encuentro, y habrá de partir, Susana seguirá volviendo, en realidad, o en la realidad de su memoria, o en su fantasía, a ese mar que la purifica en el abandono con el que ella se le entrega: "Volví yo. Volvería siempre... Y al otro día estaba otra vez en el mar, purificándome. Entregándome a sus olas"(123).

Más tarde, mientras la muchacha agoniza, el padre Rentería trata de arrancarla del mundo gozoso en el que ella encuentra su razón de ser y de someterla a las visiones de un catolicismo que se identifica más con los castigos de un infierno atroz que con la gloria de un paraíso terrenal y, por lo tanto, físico:

> El padre Rentería... con su boca casi pegada a la oreja de ella... encajaba secretamente cada una de sus palabras: "Tengo la boca llena de tierra." Luego se detuvo. Trató de ver si los labios de ella se movían. Y los vio balbucir, aunque sin dejar salir ningún sonido. "Tengo la boca llena de ti, de tu boca. Tus labios apretados, duros como si mordieran oprimiendo mis labios..."(145)

Y cuando el sacerdote continúa describiéndole en forma gráfica el proceso de descomposición que habrá de sufrir su cadáver y le promete la visión de un Dios que hará que "las venas de nuestra sangre [se transformen] en hilos de fuego, haciéndonos dar reparos de increíble dolor; no menguado nunca; atizado siempre por la ira del Señor"(146), ella le responde con un: "El me cobijaba entre sus brazos. Me daba amor"(146). Si la religión es aquí la imposición de un orden patriarcal jerárquico y despiadado, regido por un Dios iracundo y cruel, lo cual se refleja en las relaciones de estos personajes, Susana mantiene su visión gozosa de un mundo carnal en la que el cuerpo amado es siempre satisfacción y placer[17].

Tanto en la novela como en los cuentos de Rulfo, encontramos personajes atrapados entre el anhelo por un mundo mejor y una realidad violenta y colmada de desesperanza que los va destruyendo poco a poco, atormentándolos con la frustración que todo deseo insatisfecho provoca. A nivel de género sexual, es posible ver que, aunque los personajes se encuentran estrictamente definidos de acuerdo a una clasificación jerárquica y enemistada, dos de las figuras masculinas más importantes –Pedro Páramo y su hijo Juan Preciado–, quedan claramente asociadas, aunque de manera diferente, con el mundo de las mujeres y, más específicamente, con la figura de la madre, único ser capaz de dar cuidado y protección en el mundo rulfiano. Sin embargo, de las figuras femeninas, ninguna puede identificarse con el mundo de la violencia masculina, ya que todas son víctimas del salvajismo que define la sociedad en la que viven. Este es uno de los tantos logros del novelista mexicano: el ayudarnos a percibir la desigualdad que existe en nuestras sociedades en cuanto a género. El hacer claro que en nuestro continente los seres percibidos como débiles, ya sean estos mujeres u hombres, quedan sojuzgados a los más fuertes y son condenados a vivir desterrados de su propia tierra. Sin embargo, en el caso de la mujeres, tal sojuzgamiento implica, además, la imposición de una violencia sexual que sólo puede ser definida como misógina y, por lo tanto, como la expresión de una patología estrictamente masculina.

17. Es interesante comparar esta escena de la novela con una escena de la película *Nazarín* (1958), de Luis Buñuel. En la película, una moribunda rechaza también los últimos ritos y exige, en cambio, la presencia de su amante. Buñuel, viviendo en México en los años cincuenta, debió haber conocido la novela. Habría que investigar la influencia que el surrealismo pudo tener en la concepción de la pasión amorosa tal y como la desarrolla Rulfo. Para un estudio de las ideas más importantes en la obra de Buñuel, véase Octavio Paz, "El cine filosófico de Luis Buñuel", *Corriente alterna*. México: Siglo Veintiuno Editores, 1967, p. 113-118.

Este artículo apareció como "El género sexual: violencia y patriarcado en la obra de Juan Rulfo", en Me gustas cuando callas... Los escritores del "Boom" y el género sexual. *Ana Luisa Sierra (ed.). San Juan: Editorial de la Universidad de Puerto Rico, 2002, pp. 151-174.*

El último zelofonte: novela ocultista de Luisa Mercedes Levinson

Una lectura superficial de *El último Zelofonte*[1], novela publicada por Luisa Mercedes Levinson en 1984, nos deja con la impresión de estar frente a una historia fantástica llena de contradicciones y de lagunas narrativas, en la que los personajes y los escenarios en los que estos se mueven, tienden a ser unidimensionales y a caer en el cliché. Sin embargo, al leerla a partir de conceptos propuestos por las doctrinas ocultistas, veremos que se trata de un texto que nos propone, en el contexto de la historia de Argentina durante los años de las dictaduras militares y la "guerra sucia"[2], una visión sacralizante, aunque irónica, de la realidad, en la que el amor carnal, como experiencia totalizadora, juega un papel central. A continuación esbozaré algunas ideas generales sobre la forma en que estas nociones quedan expresadas en la novela.

Si durante el Renacimiento europeo las doctrinas ocultistas formaron parte íntegra de las filosofías neoplatónicas, a partir de Iluminismo –época en la que una visión racional y utilitaria empieza a dominar la cultura europea–, el ocultismo es definido en forma completamente negativa. Es en este periodo cuando por primera vez se le percibe como una serie de creencias irracionales, las que, al negar las verdades científicas, sólo pue-

1. Luisa Mercedes Levinson, *El último zelofonte*. Buenos Aires: Sudamericana/Planeta, 1984. Todas las citas fueron tomadas de esta edición. Las páginas están indicadas entre paréntesis al final de cada una de las citas.

2. Sobre este periodo pueden consultarse, Federico Finchelstein, *Orígenes ideológicos de la "guerra sucia". Fascismo, populismo y dictadura en la Argentina del siglo XX*. Buenos Aires: Sudamericana, 2016; y Reynaldo Bignone, *El último de facto: la liquidación del proceso. Memoria y testimonio*. Buenos Aires: Planeta, 1992.

den llegar a proponer una visión supersticiosa, y por lo tanto falsa, de la realidad. La ciencia, mientras tanto, producto de un método de investigación racional que rechaza la imaginación y la analogía como formas de conocimiento, es confirmada como el único método capaz de investigar, comprender y explicar el mundo y sus fenómenos. Así, en *An Encyclopeida of Religion* leemos la siguiente definición de ocultismo:

> (Derivado de "occulo", escondo) Nombre dado a un grupo vagamente organizado de ciencias rechazadas como tales –Astrología, Alquimia, Quiromancia, etc. Diversos escritores han tratado de reunir la *disjecta membra* de estos vagabundajes humanos por callejones sin salida, salvaguardar lo que cada uno de ellos ha considerado digno de preservar para construir, a partir de estos elementos, su propio sistema. El término fue favorablemente calificado por los primeros teósofos[3].

Por su parte, Robert Amadou ofrece una definición más precisa de estas ideas al escribir lo siguiente: "El ocultismo es el conjunto de doctrinas y de las acciones fundadas en la teoría según la cual, todo objeto pertenece a un conjunto único y posee con todos y cada uno de los elementos de dicho conjunto relaciones necesarias, intencionales, no temporales y no espaciales"[4]. A pesar de las connotaciones negativas que la primera definición brinda, queda claro el afán totalizador que guía al ocultismo, ofreciéndosenos además una lista parcial de las doctrinas o teorías asociadas con este movimiento. A estas creencias, sin

3. Virgilus Ferm (ed.), *An Ecyclopedia of Religion*. New york: Philosophical library, 1945, p. 540.

4. Robert Amadou, *L'Ocultisme: Esquisse d'un monde vivant*. París, 1950. p. 20-21. Citado por Eduardo Azcuy, *El ocultismo y la creación poética*. Caracas: Monte Ávila Editores, 1982, p. 51.

embargo, es necesario agregar otras de gran importancia, entre ellas, las religiones egipcias y babilónicas, las filosofías de la India, el pitagorismo y el platonismo, el neoplatonismo, las creencias herméticas, cabalísticas, rosacruces y masónicas[5]. Dentro de la visión ocultista, todos estas creencias han de verse como diferentes forma de la *philosophia perennis*, ese conocimiento secreto que desde el principio de los tiempos ha sido poseído por los "grandes sabios".

Parte de estas creencias es también la idea de que en la naturaleza existen ciertas configuraciones que para la mayoría de los seres humanos permanecen invisibles, pero a las cuales los "iniciados" tienen acceso, pudiendo estos no sólo percibirla sino, en el caso del *magus* y el poeta –su heredero según los románticos europeos– también expresarlas. El ocultismo en este sentido puede ser interpretado, por lo tanto, como una actividad semiótica de redescubrimiento de la verdadera "realidad", y no una de invención de mundos fantásticos y ajenos a la existencia de los seres que habitan el universo.

En *El último zelofonte*, la novela de Levinson, nos encontramos con la historia de un viejo científico a quien llegamos a conocer como el viejo de los huesos, receptor del premio Nobel, consagrado "a las ciencias de la ecología, antropología, paleontología, etnología y zoología" (9), quien para salvaguardar el orden ecológico del planeta, sale en busca del último de los zelofontes. Estos, criaturas casi –o tal vez más que– humanas, son descritos en la novela de la siguiente manera: "Era éste un bello animal, seguramente sagrado, con orejas pequeñas, delicado belfo y un tercer ojo profundo en medio de la frente" (52). Aunque también se le llega a caracterizar como "dios-animal de rostro casi humano y torso vertical, con un arpón a la altura del

5. Para una historia del ocultismo a partir del Iluminismo europeo, véase James Webb, *The Occult Underground*. La Salle, Illinois: Open Court, 1988.

plexo solar. El resto de su cuerpo tenía algo de caballo" (52)[6] Además, se nos dice, esta criatura había elegido, para la comprensión de este mundo, la transmisión del pensamiento y los medios telepáticos que muy pronto, pensaba, serían también conocimiento del hombre. Sus antenas y radares implícitos en su psiquis eran muy efectivos. El zelofonte poseía el sentido de la doble visión simultánea que los seres humanos, por temor, se niegan a utilizar y aún a reconocer en sí mismos... (82)

Por otra parte, y tal vez más importante para el desarrollo de la trama de la novela, el "viejo de los huesos sospechaba que los zelofontes hasta llegaban a anhelar la extinción por reverencia a la belleza interior de sus cuerpos" (21).

Durante su expedición, el científico es ofrecido, y recibe, en un templo dedicado a Devi, la gran Diosa de la teogonía india, esposa de Shiva, a Sri Kuma[7], una joven virgen, cuyas "pupilas hablaban de raros poderes, acaso el de adormecer a las víboras o hacer cantar a los pájaros de fuego" (26). Casi sin darse cuenta, el viejo está de vuelta con la muchacha a su mansión de Buenos Aires, la cual está rodeada por un parque climatizado, que sugiere en forma satírica el Jardín del Edén bíblico. A los nueve meses, Sri da a luz, misteriosamente, a una niña a quien llama

---

6. Es interesante la referencia a la figura del caballo, ya que nos remite al personaje principal de "El hombre que parecía un caballo", del escritor guatemalteco Rafael Arévalo Martínez, cuento publicado originalmente en 1914. Arévalo Martínez también escribió narrativas basadas en una visión ocultista de la realidad y en dos de sus novelas describe a una raza de seres semi-divinos, semi-animales –los maharachías–, quienes se comunican telepáticamente. Véase Rafael Arévalo Martínez, *El hombre que parecía un caballo y otros cuentos*. Guatemala: Editorial Universitaria, 1951; *El mundo de los maharachías*. Guatemala: Unión Tipográfica, 1938, y *Viaje a Ipanda*. Guatemala: Centro Editorial, S. A, 1939.

7. La palabra Sri viene del sánscrito, y su sentido original es el de "resplandor". Es usada como término de veneración a las deidades femeninas. En el lenguaje coloquial es empleada con el sentido de señora.

Rosri[8]. Pocos años después, Sri muere y el viejo ecólogo queda a cargo de la niña.

Habiendo prometido devolver el cuerpo de Sri a su lugar de origen, el viejo de los huesos pide a Rupertus Meni[9], un embalsamador que es además un especialista en la aplicación de la picana, y cuya gran ambición es poseer "exagerado poder de vida sobre toda la ciudad, todo el país, toda la América" (137) y que sueña con llegar a ser un general–, que preserve el cuerpo de la joven. El embalsamador, que había amado a Sri en vida, inicia su labor, experimentando durante el proceso una especie de placer torturado y lúcido: "[E]ste cuerpo en plenitud de su femineidad era suyo. ¿No era esa conjunción de la lujuria y el poder la suprema felicidad para él? (38)
Una vez el cadáver ha sido embalsamado, el viejo de los huesos parte con él hacia el templo de la Diosa, en donde lo entrega a los sacerdotes. Allí, unos días después, "[b]ajo un árbol con frutos de una frescura acogedora, [el viejo] se extendió y quedó dormido. Cuando abrió los ojos, a su lado, sentado y erguido, estaba el zelofonte" (52). Ya de vuelta en Buenos Aires, el zelofonte se convierte en el guardián de la niña.

El resto de la novela nos cuenta la historia de Rosri y el zelofonte, y de la obsesión que Rupertus experimenta ahora por la niña. El científico, en su afán por conseguir una compañera para el zelofonte, acepta entregar a la niña al embalsamador cuando ella cumpla dieciseis años. Rupertus se dedica entonces a es-

8. El nombre de Rosri sugiere, por un lado, la palabra rosa, que podemos asociar con el concepto de la Rosa Mística y, por lo tanto, con la Virgen María, y Sri, el nombre de la madre de la niña, cuyo significado fue dado en la nota anterior.

9. El nombre de Rupertus puede ser relacionado con el de Rupertus Lombardus, autor del *Tractatus de Nigromatia,* en el que la adivinación está relacionada con la conjuración de los muertos. *Chetham's Library*. chetamslibrary.blogspot/.com Consultado 23 de marzo, 2018. Meni es un apellido bastante común en Argentina.

perar esa fecha, mientras Rosri crece en compañía de Larinés, la serpiente que en algunos momentos gusta morderse la cola, formado así un círculo perfecto; de una niña mapuche cuyos padres han sido víctimas del genocidio que ha sufrido su pueblo; de dos pequeñas tejedoras gemelas llamadas Nefer y Titis; y, por supuesto, del zelofonte.

Cuando la joven cumple los dieciséis años, Rupertus produce a la zelofonta, y el viejo Nobel se ve obligado a cumplir su promesa, sin embargo, antes de que el embalsamador tome posesión de la joven, ésta descubre el amor con Nikos, a quien ya conocía por una foto que había encontrado entre las cosas de su madre, y quien, posiblemente, sea su padre. La foto tiene la siguiente dedicatoria: "Para Sri Ariadna, de su Nikos-Teseo, con mucho amor" (67).

En la última sección de la novela, Rosri sufre una serie de aventuras pesadillescas al asistir a la noche de San Juan en la boca del río, donde ve a Nikos aunque sin poder acercársele. Es en esta noche, también, que la joven llega hasta el fondo del mar, en donde encuentra a las nagas –seres mitológicos de la cosmogonía India, mitad mujer, mitad cobra, aunque en la novela se parezcan más a las sirenas– y ve a los prisioneros del estado y a los niños asesinados, y a las madres que lloran por ellos. Como ya se ha mencionado, los hechos fantásticos de la novela ocurren en el contexto de un Buenos Aires que sufre la violencia de la "guerra sucia" perpetrada por las juntas militares que gobernaron al país de principios de los años 70 a finales de los 80. En la aventura de Rosri durante esa noche, como se discutirá más adelante, las referencias a ese momento histórico son claras.

Al volver la joven a la mansión del viejo Nobel, Rupertus trata de tomarla, pero el zelofonte, con su arpón, lo mata, aunque él también muere, ya que es la ley que cuando un zelofonte hace uso de su arpón debe morir. Rosri se reúne entonces con Nikos y la novela termina con los jóvenes haciendo el amor.

"adentrados el uno en el otro... sin saber cuál es uno y cuál el otro" (162) y "abarcan[do] el mundo en su abrazo, abarcan[do] el fuego, el aire, los árboles, las piedras, las nubes, las aguas y la tierra con sus peces y sus animales" (163), mientras "a los pies de la cama... erguido, con su mirada guardadora, un poco irónica, un poco angélica, un poco 'y bueno no es para tanto', está él o la ¿qué importa? El de siempre, el de hoy y el de pasado mañana, el último zelofonte" (163).

Lo primero que hay que subrayar con respecto al aspecto ocultista de a novela es que, mientras los escritores esotéricos anteriores –Darío y Arévalo Martínez por ejemplo– rechazaron la ironía y el humor en relación con las doctrinas que generan sus textos, y enfatizaron más bien el aspecto espiritual y/o poético del lenguaje y de los hechos que narran, la obra de Levinson se caracteriza por su estilo desaliñado y por el sentido de humor que muestra con respecto a las doctrinas ocultistas. Tenemos en este caso un texto esotérico que, por medio de la ironía y el humor, se critica a sí mismo y critica las creencias que lo generan. Hay, sin embargo, suficientes sugerencias a las doctrinas que son parte de la *philosophia perennis*, y éstas determinan de tal manera la cosmovisión de la novela, que es necesario, en mi opinión, incluirla dentro de este tipo de literatura. Es por eso que encontramos mención de figuras mitológicas que pertenecen a varias de las doctrinas enumeradas en la definición del ocultismo ofrecida al principio de este trabajo. Como ya se explicó, el nombre de Sri es una palabra en sánscrito empleado como término de veneración para las divinidades femeninas. Este personaje ha sido, además, consagrada en el templo de Devi, la Gran Diosa de la cosmogonía India. Rupertus se refiere a ella de la siguiente manera: "Tú eres sólo Sri, yo te convierto en Selene, en la Divina Devi, en Afrodita..." (39), haciendo referencia de este modo a tres religiones distintas, cuyas diosas, sin embargo, representan a un solo ser, encarnado aquí, en la novela, en la joven virgen Sri. Lilith, la primera esposa de Adán, que se convierte en un demonio, y cuyo nombre deriva de Lilit, un ser sobrenatural asirio-babilónico, aparece en una escena, que prefigura en forma degradada las últimas imágenes que encontramos en la novela, haciendo el amor con un tal Mr. Adams, una deformación del nombre de Adán. En otra sección, Rupertus habla al cadáver de Sri con las siguientes palabras.

> "[Y]a incorporas lujos colgantes a los venenos secretos y embriagadores de que se servían los alquimistas para fortalecer a sus amantes, las grandes reinas: Astarté, Nefertitis, la de Saba, Cleopatra y las advenedizas Margarita de Borgoña y Lucrecia Borgia" (42).

Gracias a la mención de las pócimas de los alquimistas, la referencia al mundo del ocultismo y sus prácticas, que influyeron tanto en el desarrollo de la química como ciencia, es directa. Los nombres de Margarita de Borgoña y Lucrecia Borgia, por otra parte, no sólo establecen el Renacimiento europeo como una época rica en el desarrollo de este mundo de conocimiento oculto, no racional o científico, sino como un momento en el que ciertas mujeres pueden gozar de una vida sexual rica y desacostumbrada.

En los pensamientos que cruzan la mente del viejo Nobel al encontrar al zelofonte, encontramos referencias a otro sistema religioso: "El zelofonte podría ser solamente una aparición, una emanación de su propio deseo tan ardiente y largamente soportado, algo que se había sustanciado, escapando de sí mismo como esos fantasmas o tulkos que crean los Lamas y los magos del Tibet" (55), aunque *tulko* no sea una palabra de origen tibetano sino latvio, y cuyo significado es el de intérprete, traductor[10].

10. Veáse en.wiktionary.org. Consultado el 23 de marzo, 2018.

También las meditaciones del zelofonte en un punto de la novela poseen referencias religiosas, esta vez relacionadas con la filosofía china del Tao:

> Pensó en la pampa, palabra remota, que iba recuperando. Largos galopes en las zonas de la quietud. Y la nada, bien lejos, en plena tarde, cuando la curvatura del horizonte empezaba a decir secretos... algunos chinos cuentan cosas simples e ignorantes que ellos llaman Tao. ¿Y acaso estos hombres del Sur no sentían calmas e inquietudes parecidas? (68-69)

Aquí es posible percibir esa actividad semiótica característica del *magus*, mencionada ya con anterioridad, la cual permite al zeelofonte entender no sólo los mensajes secretos que la naturaleza emite, sino la forma en la que quienes carecen de conocimientos filosóficos formales pueden, en las diferentes regiones del mundo, percibirlos y "traducirlos". Parte de ese conocimiento secreto es poseído por los tehuelches –"esos indígenas oriundos de la Patagonia, digamos, por caso, desaparecidos por la irresponsabilidad de la, quizás, más inconsciente de las especies: la raza blanca" (63)–, quienes saben de la existencia del zelofonte:

> También los tehuelches, esa raza espléndida y ahora desaparecida por razones que conocemos, sabían del zelofonte. Todo hace sospechar que el zelofonte solía encontrarse en aquellos lugares privilegiados, en los escasos ombligos del cosmos, digamos por caso, en Lhasa, en el Tibet, tal vez en Ankron, donde el zelofonte reapareció en este siglo por primera vez, y en la Argentina, por las montañas de Comechingones. (71).

En este párrafo se percibe el sentido de humor característico de la novela, en la que la narradora incluye a Comechingones –una región hacia el norte de Argentina habitada por dos grupos originarios, las connotaciones vulgares de cuyo nombre son difíciles de ignorar– al lado de Lhasa –ciudad sagrada del Tibet– y de Ankron –una ciudad imaginaria–, como uno de los centros místicos del cosmos. El mismo sentido lúdico aparece, mezclado con referencias ocultistas, en la siguiente descripción: "Los átomos se zandungueaban, era una macumba de átomos" (73), en donde la palabra macumba se refiere a una celebración religiosa entre los afroamericanos del sur del continente americano. Rupertus ofrece otra prueba del aspecto ocultista de la novela al mencionar la teoría de la reencarnación, que como en los platónicos, está relacionada con la memoria:

> Ya no se aguanta a sí mismo. Tal vez las moscas verdes y pestilentes de la memoria giran a su alrededor con demasiada velocidad. La luna arde con luminosidad feroz. ¡He muerto tantas veces! Pero he seguido la ley: he matado también. Por entonces no habían empezado las torturas en masa, todavía. Cierta timidez los detenía entonces, pero no tanto (85).

En esta sección de la novela encontramos también otro aspecto característico de las doctrinas ocultistas: el deseo de alcanzar un conocimiento total de la realidad. Es por esto que si lo que hasta ahora se ha citado pertenece al mundo de la fantasía –con excepción de la referencia a la exterminación de los pueblos indígenas en el Sur del continente americano–, también se puede encontrar en la novela no sólo insinuaciones sino referencias directas a la historia argentina en la segunda mitad del siglo XX. Por ejemplo, la mención a la tortura a la que fueron sometidos tantos ciudadanos argentinos durante los años de la 'guerra sucia'.

> El tipo que yo tenía en mis manos era un policía como ellos, pero había dejado ir a un estudiante sin cantar. Para los jerarcas había sido una rebelión y había que ejemplarizar. Yo era el encargado. Empecé metiéndole la picana hasta los caracuces, hasta que alguien, un compinche, me dijo –Se te fue la mano pibe, te dijeron castigar, no matar (85).

Otra referencia a este periodo de la historia argentina y a las prácticas de los militares en contra de quienes se opusieron a sus políticas absolutistas, aparece un poco más tarde en la narración, cuando Rosri viaja al fondo del mar y ve a las madres llorando por quienes han sido encarcelados, desaparecidos y/o asesinados, una descripción que nos trae a la mente las madres de la Plaza de Mayo y a su lucha para que se supiera el destino de los tantos desaparecidos por los gobiernos militares.

Aparecen también en otro momento de la novela los nombres de Rigoberta Menchú, representante de los pueblos indígenas guatemaltecos y premio Nobel de la Paz, a quien está dedicada la sección en la que se narra la amistad de Rosri con la niña mapuche, y el de Evita, nombre por el que se conocía a nivel popular a Eva Perón:

> Hacía solamente una semana que la había visto. Evita había pasado muy cerca de mí. Yo estaba entre la multitud en una acera de la avenida Mayo. Ella pasó lentamente sentada en un doble Faiton descubierto al lado del general, rodeada por el pueblo que la aclamaba (88).

Eva, el nombre de la primera esposa de Juan Domingo Perón, presidente de Argentina en la década de los 50 y luego a principios de los 70, cuyo cuerpo tras de su muerte en 1952 fue embalsamado para mantener vivo su mito como la madre de los "descamisados", es incorporado en la novela a una larga lista de mujeres míticas: "Eva azul como el sueño; Pachamama sin infante con casco de oro, Fatamorgana de aduladores y filibusteros, hacedora de sortilegios, Maya demiurga que transmuta el plomo en oro y el estiércol en topacios" (89)[11], con lo que la diferencia entre Historia y mito queda totalmente anulada.

La experiencia del amor que encontramos en la novela, último tema a discutirse en este trabajo, pertenece a la tradición del amor loco de los surrealistas, otro grupo interesado en las experiencias del ocultismo. Así, el viejo de los huesos, al pensar en Rosri, se dice: "A mi lado, sí, hasta que irrumpa para ella 'el amor loco', del que habla ese otro viejo loco, el surrealista Breton" (95). Esta pasión, como ya se dijo, le llega a la joven en la figura de Nikos, en cuya búsqueda va Rosri el día que cumple dieciséis años –"6 y 1 son 7, número cabalístico, número del amor y de la dicha" (111)– a la boca del río. Esa noche, que es la noche de San Juan, "[u]na noche de equinoccio, una noche tan larga como el día y un solsticio amatista, violento y amarillo, amarillo de alegría" (111), Rosri, quien ha crecido sin la compañía de otros niños en el parque del viejo del Nóbel, sale y se enfrenta por primera vez a la vida de la niñez y a la vida de la calle, con sus prácticas comunales y sus costumbres caóticas, conocedoras de las experiencias del cuerpo:

> Y los chicos se toman de las manos. Y empieza la ronda. ¿Ves la princesa como da vueltas? Mira los flecos ya están ardiendo, ligero.

11. El nombre de Pachamama nos refiere a la Madre Mundo de los pueblos aymara y quechua; el de Fatamorgana al de la maga antagonista del rey Arturo, protagonista del ciclo de leyendas caballerescas inglesas y, finalmente, Maya, que es uno de los múltiples nombres de Durga, deidad india conocida también como "la Inaccesible" o "la Invencible".

> Ligero.
> "Aserrín, aserrán,
> los maderos de San Juan
> piden pan, no les dan,
> piden queso, les dan hueso
> y les cortan el pescuezo".
> Rosri, la noche, la fogata, las estrellas, todo gira, todo calientito, caliente, vueltas, vueltas. Aserrín, aserrán, ¿Nikis, Nikos? (118)

Y un poco más adelante: "Llega un viento distinto y Rosri salta, salta sobre la fogata sin quemarse. ¿Es el viento del este que dobló las llamas a un lado? Es el pampero que me salva. Sur... paredón y después... el cielo" (119).

Al narrarse el viaje de Rosri al fondo del mar, encontramos otras referencias neoplatónicas –la de la caída del espíritu en la materia– y alquímicas –la transmutación de la materia– cuando las nagas dicen:

> ¿No ves cómo Eva, tan bonitilla ella, una pobre muchachita buena, cae por fin siempre por un hombre y se pudre en una materia terrestre y deleznable, dentro de un cajón de madera hecho de un árbol pudriente no más?... No, no te dejes manosear, Rosri. Acá todo se hace cabalística y alquímicamente, todo, hasta la gran rosa que será transmutada en rodocrucita, tú, Rosri, oh, Rosri. (129)

La experiencia amorosa llega a su apoteosis en la parte final de la novela, cuando los dos amantes se encuentran y se entregan uno al otro: "Los amantes se sienten inmersos en el huevo del cosmos, su sensación es aguda, podrí decirse que son parte de eso. ¿pero hay partes?" (162) Aquí, como en las doctrinas alquímicas, los cuerpos unidos representan la totalidad. Y es la mirada del zelofonte la que percibe ese universo encarnado en los amantes, una mirada que es, sin embargo, una "mirada guardadora un poco irónica, un poco angélica, un poco 'y bueno no es para tanto" (163), es decir, una mirada irónica, burlona, que se asemeja a la visión que la novela nos ha venido ofreciendo. Claramente para Levinson, el sentido del humor es parte de la visión total que como novelista, aquí nos ofrece.

Aunque al comentar la obra literaria de Luisa Mercedes Levinson los críticos han querido asociarla con el realismo mágico[12], creo que dadas la visión totalizadora y las alusiones que encontramos en la novela y en otros textos de la escritora, hacer referencia al ocultismo es más conveniente, ya que, como este comentario sugiere, esas doctrinas ofrecen una clave a las ideas que parece guiar el sentido de la obra. Como otros escritores esotéricos –Darío, Arévalo Martínez y Lezama Lima en Hispanoamérica, los surrealistas y Rene Daumal en Francia entre tantos otros escritores de finales del siglo XIX y principios del XX–, Levinson ha ido configurando a través de sus novelas y cuentos una búsqueda muy personal, búsqueda que gracias a la novela ella hace también nuestra, de lo "absoluto", ese espacio en el que todas las oposiciones quedan negadas y resueltas en una otra realidad, semejante y distinta, superior, a la que experimentamos en nuestras vidas cotidianas.

---

12. Véase, por ejemplo, Celia Correas de Zapata, "Elementos fantásticos y mágico-realistas en la obra de Luisa Mercedes Levinson", en *Ensayos Hispanoamericanos*. Buenos Aires: Ediciones Corregidor, 1978, p. 245-277; Perla Giono, "Luisa Mercedes Levinson y el amor", en *Soledad y búsqueda: dos novelas latinoamericanas*. Buenos Aires: Dharma, 1976, p. 29-67; Sebastián Antonio Jorgi, "El realismo mágico en la narrativa de Luisa Mercedes Levinson", en *Evaluaciones de la literatura femenina* v. 1, Juana Alcina Arancibiria (ed). San José: EDUCA, 1985, p. 223-234.

Francisco Nájera

(Ciudad de Guatemala, 1945)

Reside en Nueva York desde hace varias décadas. Se ha desempeñado, principalmente, como maestro bilingüe en las escuelas públicas de Nueva York. Ha publicado poesía, narrativa y ensayo. Entre sus múltiples libros de poesía destacan: *Libro de la Historia Universal* (2000), *Libro de las horas* (2009) y *Palabra de travesti* (2010). Su narrativa integra los volúmenes *Los cómplices* (1988), *Juan, hijo de María* (2007) y *La comedia humana* (2008). Como ensayista ha publicado diversos artículos sobre poesía, arte y género en distintas revistas latinoamericanas, así como *El pacto autobiográfico en la obra de Rafael Arévalo Martínez* (2003). Recientemente publicó *Historias de los que van y van más allá por las tierras de las turbulentas aguas al sur. Homenaje a Úrsula Le Guin* (2017).